U0019871

風雨中的茄苳樹

蔚宇蘅◎著
許育榮◎圖

名家推薦

李偉文（少兒文學名家）：

茄冬樹國小的處境其實就是臺灣當下許多偏鄉國小的處境。因為少子化加上人口往都市集中，許多偏鄉的小學不斷在消失中，剩下的也在廢校與否的兩難中飄盪著。

《風雨中的茄苳樹》用生動的對白、有趣的情節，真實記錄了時代變遷中偏鄉教育正在發生的這段過程。因為這故事，也給了我們信心，只要我們真心渴望一件事情，哪怕只是一個小學生，也可產生很大的力量，因為那種熱情，會感動許多人而助你一臂之力，同時每個人也能從行動中獲得生命的啟示與力量。

許建崑（東海大學中文系教授）：

茄苳樹國小學生人數不足，面臨被裁校的命運。故事中古靈精怪的主角盧晞旺，化身為新聞記者，報導了全校師生的生活點滴，有許多爆笑的情節，也有許多欲哭無淚的難題。大家在新任魏校長的奇思異想下，彩繪校舍，建置生態園區，撰寫校史，也利用古人遺物及古生物生痕化石，與建文物館。他們最終理解「事在人為」，師生共同願想才是維繫學校存續的力量。

作者巧妙的處理了偏鄉地區教學現場、代課老師制度、校園霸凌、社會邊緣的後段班學生、畢業生前途、學校永續經營等問題，層層剝開，令人痛徹心扉。

目錄

1 風暴

事情怎麼開始的呢？

段子熜想都沒想就直接哭得像是被遺棄的嬰兒。

因為學校找不到導師而來代課的劍龍老師直對我搖頭。「說吧，盧晞旺。」

我只好幫大家說明。

「事情是這個樣子。我們班上只剩下四個人了。根本沒有人可以照顧愛哭的段子熜。誰知道余寶霓又無端發脾氣。」我轉頭看看那個一頭短髮像極男孩子的黃彩瑄。「那個轉學生她被余寶霓嚇得逃出教室，才會迎面撞上六年級的大哥哥大姊姊。」

余寶霓糾正我說：「只剩下那個力大如牛的林健安。」

「的確只剩下一個六年級的學長。我猜他可能也是嚇壞了。」

「誰嚇壞了！」林健安站在教室門外大吼。

我嚇得趕緊溜到劍龍老師的身後。

「林健安，你不回自己的教室，待在我們班，你想做什麼？」余寶霓問。

「我們班導師今天請假。」林健安回答。

「是你的老師請假。你只有一個人，一個人的班級。」我對林健安扮鬼臉。

劍龍老師一把抓我到他面前。

我趕緊立正站好。

「這一節課，林健安要跟我們一起上課。」劍龍老師說。

余寶霓一臉堅持的對林健安說：「這裡不是六年一班。」

林健安作勢要朝余寶霓揮拳。

劍龍老師大喊：「你們冷靜下來。盧晞旺，你說，黃彩瑄撞到林健安之後，你們為什麼會打架。」

我又說起剛才下課發生的事情。

「都是因為黃彩瑄一直在走廊大叫，林健安叫她不要叫，但是她仍然一直叫。」

「分明就是你揉紙團要丟林健安，結果不小心丟到黃彩瑄，她才會離開教室後又大叫。」余寶霓說。

「盧晞旺。」劍龍老師又對我搖起頭。

我一臉委屈說道：「不是我先動手的啊。我走過去跟黃彩瑄說對不起，林健安卻趁機對我發動攻擊。」

余寶霓補充說明：「老師，後來黃彩瑄又嚇壞了，林健安就轉頭要打黃彩瑄。我要去拉黃彩瑄進教室，誰知道段子熤跟在我身旁，他就不小心被林健安打到。盧晞旺看見，就揍了林健安的肚子。林健安才用力推倒盧晞旺，開始見人就打。眼看著他要朝我揮拳，我本能踹林健安一腳。結果，林健安跌倒，段子熤便對林健安打耳光，直到盧晞旺把段子熤拉走。」

林健安聽完，一肚子怒氣，他對我吼道：「被你們五年級打倒在地上，我真是不甘心！」

劍龍老師看了林健安一眼。

「我都知道了，原來沒什麼大不了的事。」劍龍老師嘆了口氣，接著說：「你們不應該打成一團的。只要先說對不起，就可以避免一場紛爭。」

「你只是一個長得像劍龍的老師，我不怕你。」林健安的牛脾氣又發作了。

余寶霓趕緊喊道：「你不可以對老師沒禮貌。」

「為什麼不可以！」林健安開始移動他那一百七十公分高的身軀，向余寶霓靠近。「這裡都快變成鬼學校了，什麼樣的爛學生都來者不拒，什麼樣的笨老師都願意聘。」

「我不是笨老師，我只是考運不好，我有合格教師證，我受過專

業訓練。」劍龍老師氣得直發抖。

「林健安，你，你想找麻煩就衝著我來，不要為難老師。」我對林健安大吼後，還對他吐舌頭，接著開始往教室外逃跑。

走下樓梯，我跑過四年級的犀牛老師身旁。經過走廊，我差點撞倒三年級的長頸鹿老師。轉彎，我閃過幾乎要迎面撞上的二年級海馬老師，她的身形不高，我如果再跑快一秒鐘就會咬上她的額頭，幸好我即時煞車。

一路往學校校門跑出去，我看見一年級的梅花鹿老師牽著兩個一年級學弟妹剛校外參觀回來。

左閃右閃，我一躍，一腳跨過學校圍牆的仙丹花叢，把林健安遠遠甩在腦後。但是我不敢鬆懈，急急忙忙過了馬路，開始往村子裡頭跑去。

還聽得見林健安氣喘吁吁的聲音。

站在巷子裡，我左顧右盼，看見段子熤的家就在前方。

那是一間長得像餅乾鐵盒的矮房子，上面鋪有銀色鐵皮，還蓋上灰色石棉瓦，圍牆是一塊塊房屋廣告的牌子，門是老舊木板。

我開了門鑽進去，一不小心就撞上了許多東西，掉得滿地是匡噹響，我嚇一跳，趕緊往屋子盡頭鑽去，跟隨屋罅灑落的日光，隱隱約約似乎在指引我一條出路，我就那麼走著走著，呼吸聲越來越平和。

心想，林健安一定不會發現，我躲在段子熤的家。

這樣一來，我就放心了。哼起歌，我準備開始好好參觀段子熤的家。

通道兩旁全堆滿壓扁的紙箱，還有一區放置許多捲起來的大塑膠袋，轉彎，我看見廚房的餐桌有好多飲料店的那種紙杯、塑膠杯，疊在一起都快要頂到天花板。

就在我轉身要離開廚房杯子蓋成的摩天大樓奇景，我發現冰箱旁邊，原來還有一處小房間。我輕輕一碰，木門一動也不動。我嘗試大力一推，木門才喀的一聲被推動，還伴隨許多灰塵飄了出來。一連咳了好幾聲，我用左手掩住口鼻，右手推開木門。眼前所見，是段子煾家最寬敞最舒適也最奇特的房間。

有一張黑色看起來像是骨董的雕花木床，還有一面微微發出維他命C顏色的銅鏡，而在房間角落，有一座可以裝下一隻白海豚的衣櫃。我因為好奇，走了過去，小心翼翼打開衣櫃，嘩的一聲，有無數的微塵開始往衣櫃外飄散，我趕緊闔上衣櫃，又一連咳了好幾聲，咳得我頭昏眼花，只好低頭彎腰壓住肚子，我想靠向牆壁休息，卻被什麼絆了一跤。「唉唷！」害我跌坐在地上。

先是揉揉後腦勺，又按了按左腳腳跟，我靠著不知道什麼東西，回頭一望，原來是一口可以裝下一頭小牛的箱子。

那是口黑色木頭箱子，上面好像刻著龍還是鳳凰，很可能是怪獸……我看不清楚箱子的花紋，因為屋瓦透下來的日光很稀少，我只能依據形狀判斷，那應該是箱子。

我突然想到段子熤常常對同學們說的故事。

「那是一口鐵刀木色箱子。」段子熤說。「是我阿祖留下來的鐵刀木色箱子。裡頭有許多祕密。」

當時余寶霓對段子熤說：「箱子只能用來裝書籍、玩具和衣服，或者是收藏品之類的，根本不能裝祕密。」

我問段子熤：「是不是有藏寶圖啊？」

「是祕密。」段子熤一臉堅信他阿嬤告訴他的故事。「那是有精靈守護的箱子，精靈會保護箱子，所以任何人都不能奪走箱子裡面的東西。」

「那究竟是不是寶藏？」我問段子熤。

「只是祕密。」段子熤想了又想，繼續說道：「我阿嬤說，祕密是不好的東西，我想那箱子可能關了許多妖怪，所以我阿嬤總是叮嚀我，不要擅闖阿祖的房間。」

「哪有什麼鬼怪，這裡都快沒有人住了。你乾脆說是臺灣黑熊、獼猴，還是山羊和水鹿。那你的箱子多大，夠放這些動物嗎？」余寶霓問。

「我不知道箱子有多大。」段子熤回答。

「原來你根本就沒親眼看過，也許沒有那種箱子存在。」余寶霓說。

「真的有箱子。我還是小baby的時候有看過，只是現在有點忘記了。」段子熤搔搔腦袋。

「會裝著什麼樣的祕密呢？」我追問段子熤。

「因為是祕密啊，我怎麼會知道。」段子熤回答。

「那你又確定箱子裡的祕密就是藏匿著妖魔鬼怪嗎？」余寶霓不耐煩撇撇嘴。「拜託你，別一天到晚想著那些箱子和鬼怪的故事，你要是對上課內容這麼有興趣，你早就是班上第一名。」

「如果我是第一名，那妳是第幾名？」段子熤問余寶霓。

余寶霓斜眼看了段子熤一眼。

段子熤連忙對余寶霓說：「當我沒說。大姊大，妳千萬不要生氣。」

我待在可能是段子熤阿祖的房間，思前想後，真的有什麼祕密

嗎？還是根本就是段子熜在胡說？所以段子熜每次被余寶霓瞪的時候，才會說出「當我沒說」這樣的話。

管他的，我真想瞧瞧裡頭放著什麼東西。

一拉開插銷，我打開箱子。

頓時，轟然巨響，漫天塵土飛揚，感覺好像整座小房間都要塌下來。

是地震嗎？

我趕緊躲在房間的柱子下。

直到東西震動的聲音停止。

我抬頭往四周張望，只見一道好大的黑影映在我對面的牆壁上。

那黑影一直左搖右晃，猶如尋覓獵物的猛獸，我看得直發抖，牙齒忍不住喀喀哆嗦了起來。影子似乎聽見了，它停下張望的動作，然後慢慢拉長自己的身影，直到頭部的影子由我後邊的牆壁爬到了我面前。

「你是什麼人？」影子說。

我渾身發抖回答：「我，我，我，我叫盧，盧，盧晞旺。」

「你在這裡做什麼？」影子問。

「我，我，我在躲大魔王林健安。」我回答。

「哈哈，這裡哪有什麼大魔王。只有小矮人，還有脾氣很古怪的巨人，頂多就是有大得像山的貓頭鷹，還有比船艦還大的海怪，以及喜歡推落石的石燕，和會噴火的雷鳥。」影子搖晃起腦袋。「最多，還有跟你長得很像的一些精靈，他們老是在山林裡跳舞、唱歌和玩遊戲。」

「大魔王林健安是我們學校的六年級學生啦。」我解釋。

「學生是什麼東西？」影子問。

「就是在學校上課的人。」我回答。

「那好玩嗎？」影子問。

「好玩。只可惜，我們學校快要被廢校了。很快，我也不用再躲避林健安，因為他要去別的地方讀國中。我們這裡沒有國中，要讀國中就得把戶籍遷到親戚家。如果明年暑假確定廢校，我就得到阿姨家住，不能再跟這裡的同學一起讀書，我一想到就覺得什麼都不好玩了。」我說。

影子突然感到煩躁，說：「本來就不好玩。」

我一臉疑惑問道：「為什麼？」

「因為我是虎姑婆，結果你卻不怕我。」影子回答。

「什麼是虎姑婆？」我問。

「就是會把小孩煮來吃掉的妖怪。」影子答道。

「你不是說，這個村子只有小矮人、巨人、超大貓頭鷹、海怪、石頭燕子和雷鳥嗎？你是虎姑婆？虎姑婆是精靈嗎？你不是說，精靈都長得跟我很像？」

「你不要一直問問題。」

「為什麼？」

「因為聽得我頭都發昏了。」

「老師說，不懂的就要問。」

「我不是老師，我是虎姑婆。」

「你還沒解釋清楚，虎姑婆到底是什麼。」

「就是鬼，你知道鬼是什麼東西吧，就是會把人嚇掉半條命的那種東西。」

「我媽說，鬼也有分好壞。那你是好鬼還是壞鬼？」

「我是虎姑婆。」

「你剛才明明就說自己是鬼。」

「好啦。我是虎姑婆，我是鬼的一種。」

「所以你不是真實的。」

「我是真的存在啦。」

「你不是說你是鬼？書本上說，如果我們沒有做虧心事，就不用怕鬼。」

「我希望你怕我。」

「為什麼？」

「你可以不要一直問為什麼嗎？」

「我們老師說——」

「夠了，我知道，你們老師說，不懂的就要問。」

「對呀。」

「我是來嚇人的鬼，名叫虎姑婆。」

「你為什麼要嚇人？」

影子楞住了。

我對影子說：「嚇人沒什麼意思，嚇人的人不會開心，被嚇到的人只會一直哭。我媽說，鬼存在另一個空間。所以我覺得，你還是回家吧。」

「我不知道為什麼要嚇人。不過你把我放出來，我就自由了，不用被鎖在箱子裡，我想我得做點事情。」影子說。

「你想做什麼？」我問。

「我是會吃小孩的虎姑婆，你覺得我應該要做什麼？」影子反問我。

「你千萬不要吃我，等我升上七年級，就不是小孩了。」我全身汗毛聳立。

「那請問你升上七年級了嗎？」影子問道。

「還沒，還要一年又十個月。」我搖搖頭。

「那我現在要吃你了。」影子說。

「等一下，我想我不怎麼好吃，你千萬別吃我。」我渾身顫抖，

努力想要爭取時間找到一個脫身的好辦法。

「你好不好吃，我都要吃你，因為我是虎姑婆。」影子直盯住我。

靈光一閃，我趕緊對影子說道：「等一下，我臨死前有個心願，我想看看這口箱子到底有什麼東西。」

「那你就去看啊。」影子推了我一下。

「你不是原本在裡面？」我問。

「對耶。」影子直點起頭說道：「我跑出來，裡面不就沒有東西了。」

「那你再進去，讓我看看你在裡邊的模樣。」我說。

「為什麼？」影子問。

「因為我同學都想知道這口箱子裡面到底裝著什麼東西。」我回答。

「就是我啊。」影子指了指自己。

「我不相信，也許你是騙我的。」我對影子說。

影子想了想說道：「好吧，我就變進去一次，你要看仔細喔。」

咻的一聲，影子真的鑽進了箱子。

我急忙把箱子的蓋子關上，把插銷插入。

隱約聽見，影子咆哮著：「我是虎姑婆，你快把我放出去。我保證不吃你，只要你找別的小孩來給我吃，我向你保證。真的，只要放我出去，我不吃你了。」

「噹，噹，噹——噹。噹，噹，噹——噹。」

我怎麼會聽見學校的鐘聲響起呢？

「盧晞旺，你有沒有怎麼樣？」

我一睜開眼，看見健康中心的大象阿姨站在我面前。

「盧晞旺，你覺得頭暈嗎？你看得見阿姨嗎？你還記不記得是怎麼回事？」大象阿姨問我。

我想搖頭，卻覺得頭很痛。

「你不知道自己為什麼躺在健康中心嗎？」大象阿姨又問。

我勉強說出：「我，我，我不知道。我不是在段子熤家嗎？難道是作夢？」

健康中心外傳來余寶霓宏亮的聲音。

「盧晞旺，你對林健安說完，想找麻煩就衝著你來，幾秒鐘後，林健安就把你瞬間打倒在地。你還記得這件事嗎？」

我搖搖頭。

「那林健安呢？」

余寶霓回答：「他被劍龍老師帶去校長室了。」

原來，我被林健安打昏，還作了一個奇怪的夢。

2

新老師到來

「劍龍老師為什麼不繼續代課呢？」段子熤流著兩行鼻涕都快掉到嘴巴，只見他用力一吸。

「什麼？」我嚇了好大一跳。

「劍龍老師去哪裡了？」段子熤問。

「劍龍？你不是在說你阿嬤告訴你的故事嗎？」我一臉疑惑。

「我在說故事嗎？」段子熤搔搔腦袋問道：「你不是不喜歡聽我說故事。」

「我哪有。是余寶霓才不喜歡聽你說故事。」我回答。

「你要我說故事喔。」段子熤一臉笑容說著：「我最喜歡聽故事還有說故事了。你喜歡聽哪一個故事呢？」

「就說說看你阿祖的那口箱子，我覺得那個故事最好聽了。」我回答。

「箱子？」段子熤有些不知所措。「可是我不知道那箱子裡面到底有什麼耶。」
「你可以告訴我，那口箱子是從哪裡來的，你阿祖是怎麼得到它的啊。」我說。
段子熤點點頭說道：「好。我就來說那口箱子的故事。從前，應該是三百多年前，大概是鄭成功——」
這個開頭，我有點熟悉。
我連忙制止段子熤。「等等，我不是要聽鄭成功插劍鑿井的故事。我是要聽你阿祖的箱子故事啦。」
「是那口箱子沒錯啊。」段子熤揉揉鼻子後說道：「就是我阿祖的阿嬤跟她說的啊，那大概是在鄭成功時代，當時我們這個村莊還沒有形成——」
我有些不耐煩。
「再等一下。我不是要聽我們這村莊媽祖廟的由來。是要聽你阿祖的箱子故事。」

「盧晞旺，你不要一直打斷我。我真的是要說我家箱子的故事啊。」段子熤說。

「對不起，因為故事的開頭都太像了。」我趕緊跟段子熤道歉。

「當然開頭都一樣啊，因為我是在說故事，就是以前的事情，我又沒有親眼見過，我怎麼知道是真的還是假的。盧晞旺，你不要打擾我，讓我把故事說完。」段子熤說。

「請講。」我一臉歉意。

段子熤很是得意說起：「從前，可能比三百多年前還要久，因為那是我阿祖的阿嬤告訴我阿祖。據我推測，故事發生的時間點，有可能是我阿祖的阿嬤的阿嬤，就是我阿祖的阿嬤的阿嬤告訴我阿祖的阿嬤，然後我阿祖再告訴我阿嬤，我阿嬤再告訴我。」

「我聽得頭都昏了。」我說。

段子熠繼續說故事。

「重點，故事是發生在很久以前。那時，這裡到處是溼地，所以我阿祖的阿祖都是划著船在小溪小河間，穿梭在那些長得比人還高的水草中。他們捉魚，他們捕螃蟹，他們看梅花鹿喝水，他們喜歡跟水鹿賽跑。跑著跑著，越往陸地的樹就越大，只要停下來用心聽，就會聽見鼯鼠在樹上玩耍的聲音。那樣的日子就像童話故事，每個人都幸福快樂，直到陸地慢慢向海延伸，我們的村莊形成，原本滿地跑的穿山甲逐漸消失，然後阿嬤說大家的日子就越來越不快樂。」

我搖搖頭。

「段子熠，你是在說箱子的故事嗎？」

段子熠點頭。

「我當然是在說箱子的故事。就是因為環境改變，我阿祖的阿祖才會得到那口箱子，也許我阿祖的阿祖把當時對我們家很重要的東西，都裝進了那口箱子。」

「什麼重要的東西？寶藏？」我問。

「當然是戶口名簿、身分證、房屋所有權狀和土地所有權狀囉。」段子熤回答。

「拜託，三百年前沒有那些東西。」我說。

「那會有什麼？」段子熤問。

「很可能是……」我仔細思索。「啊，我知道了。是有人跟你們買賣和借東西的那種古老紙條。劍龍老師不是帶我們去媽祖廟裡面的文物館看過，那種紙條當時叫作契，現在叫作合約書。」

「放了三百年的合約書，那不是很可能已經腐爛。」段子熤臉上浮現了不安。

「如果不要打開，很可能就不會氧化。」我說。

「那我永遠都不會打開那口箱子。」段子熤說道。

「那還真是口古老神祕的箱子。」我不禁想起我昏倒時，所作的那個夢。「段子熤，你還是沒有告訴我，那口箱子為什麼會出現在你家。」

「我說過了，那是傳家之寶。」段子熤說。

「從什麼時候開始流傳？」我問。

「就是我阿祖的阿祖，應該是吧。」段子熤回答。

「那確切時間究竟是什麼時候？」我問。

「是這塊土地的溼地慢慢消失的那個年代。」段子熤答。

「那是西元幾年？」

「我不知道是西元幾年，我只知道，是我阿嬤說過的巫師故事還普遍存在的時候。」

「你們平埔族的巫師？」

「當然是我們平埔族的巫師。」

「那他們又是在什麼時候消失？和你家的箱子有關係嗎？」

「和我家的箱子無關。但有一點是雷同的，那就是他們是慢慢消失的，我家的箱子也是慢慢出現。」

我很是驚訝，看著段子熤。

「什麼？箱子竟然會慢慢出現！」

「用手做的，不就會慢慢出現。」段子熤回答。

「誰做的？」

「是我阿祖的阿祖吧。」

「箱子的用途是什麼？」

「我說過，我根本不知道箱子裡面放著什麼。」

「沒有人告訴你，你阿祖的阿祖做那口箱子的用途嗎？」

段子熤愣住了。

「咦，為什麼是箱子呢？為什麼不做櫃子？」

我靈光一閃。

「也許是你家當時要搬家。」

「很有可能。」段子熠點點頭。

「那為什麼要搬家呢？」我問。

「會不會是出現什麼妖怪？我聽我阿嬤說過許多妖怪故事。」

我大吃一驚。

「哪裡的妖怪？」

「魔鬼會攀附在屋梁上。」

「誰家的屋梁？」

「任何地方都有可能。有大大牙齒的鬼，也有大大耳朵的鬼，還有一腳就可以跨過高山的巨人鬼。」

「他們要做什麼？」

「他們要吃人。當然不是只有鬼，也有很多巨大的動物，例如：

大蛇、大螃蟹、大燕子、大貓頭鷹。當然你可以把牠們當作是恐龍時代留下來的古代生物，也可以把牠們想成是妖怪。或者那是鬼變成的動物，像是壞巫婆會操控黑貓在深夜捉走小孩。當然鬼也會變成植物，像是竹林裡會害人絆倒的竹篙鬼。除此之外，鬼也常常躲進家具，成為椅仔姑。總而言之，鬼怪是無所不在。我阿嬤就說過我家是漂洋過海從被海怪占領的島嶼，坐船逃跑到這個村莊。」

頓時，我嚇得渾身發抖。

「你是說，到，到，到處都有妖魔鬼怪？」

「已經沒有了。」段子熠聳聳肩膀說：「現在無論白天夜晚到處都是人，哪還有地方給鬼怪居住。」

「你不是說，他們會躲在家具裡面？」我問。

段子熠思索後回答：「可是我阿嬤說，人太多就會嚇跑鬼。」

「那，那，那，我們這個村莊已經有許多人搬走了，啊，那個鬼會不會就住進來？」我顫抖問。

「這我不知道。因為我沒問過我阿嬤。不過你真的不用害怕，那些傳說都是好久以前的故事，所以你不用那麼緊張。我們趕緊去學校上學吧。」段子熤回答。

我還是很擔心，上學途中，我一直東張西望，看看路邊的木頭電線杆、石敢當、木頭搭建的工寮、田邊的小紅磚屋、漁塭內的馬達、公墓裡的墓碑、曬在柏油路上的蘿蔔乾、掛在路邊的魚乾、水溝邊的廢棄漁網、等待修補的漁船和學校大門。

直到林健安從我旁邊經過時，故意撞了我一下，我嚇了好大一跳。

我回過神來，這才發現，真正可怕的是林健安。

教室裡，隱隱約約有種不安的氣氛。

「今天是新老師第一天來上課，妳不要害怕。」余寶霓安慰著黃彩瑄。

「喀，喀，喀——喀。喀，喀，喀——喀。」

「是皮鞋的聲音。」我對段子熤說。

「不是高跟鞋嗎？」段子熤抓了抓鼻子，還用力吸起快要滴到衣服的鼻涕。

「是男老師。我敢肯定。」我說。

一道大大的黑影直從教室前門鋪天蓋地席捲而來，瞬間把我、余寶霓、段子熤和黃彩瑄給嚇呆。

我不禁脫口而出。

「比林健安還高大的老師。」

「是像棕熊般的老師。」段子熤說。

「根本是站起來的高加索犬。」余寶霓說。

段子熤身旁，我的正前方，卻剎那間傳來嗚咽聲。

「好可怕，是怪獸嗎？」黃彩瑄抽抽噎噎說著。

「砰砰，砰。砰砰，砰。」

新導師一步一步緩緩邁向講臺，直到老師站定位置，我才看清楚他那像雷龍的碩大身軀。

新老師穿著灰色襯衫、黑色褲子，還戴著一副樣式很古老的圓框眼鏡。

他先是咳了幾聲，清了清喉嚨，才發出如老虎的吼聲說道：「各位同學，大家好，我是你們這學期的導師，我叫作——」

段子熤貿然發出聲響說：「虎姑婆？」

新老師原本嚴肅的臉一沉，目光將我們四個同學都掃了一圈，又發出老虎在叢林吼叫的聲音說道：「你們之前的代課老師可能沒有好

胡古怡

好教你們。沒關係，從今天開始，我會教你們如何遵守團體規則。」

新老師移動起沉重的腳步慢慢轉身，一筆一畫在黑板寫出三個字。

老師緩緩轉身又是一吼，說道：「我叫胡古柏，是你們這學期的導師，從今天開始要一起相處，還要學習許多知識。」

黃彩瑄完全嚇呆了。

余寶霓卻趕緊拍手。

我也跟著胡亂拍手。

段子熤則又小小聲說了一次。

「虎姑婆？」

我趕緊說：「歡迎新老師。」

3 原來是虎姑婆

以下是茄苳樹國小駐地記者盧晞旺的報導。

目前虎姑婆選手完全展開攻勢。先是段子烱同學遲交作業簿，虎姑婆老師二話不說，叫段子烱罰寫課文，眼看著段子烱原本的作業都寫不完了，虎姑婆老師卻在兩天之內連續發動攻擊。虎姑婆選手對段子烱選手說：「今天寫不完，明天再加倍。」段子烱選手面對排山倒海的抄課文攻勢，完全抵擋不住，最後只能還以眼淚攻勢。段子烱選手邊哭邊說：「我根本沒有時間寫功課，回到家，我要幫忙我阿嬤撿資源回收，而且我看不懂很多題目，來學校要請同學教我，老師就認定我遲交，根本沒有人教我怎麼寫，還要抄課文，我就算一整天都不下課也寫不完。」目前段子烱選手已經舉白旗投降，他把作業簿和課本丟在地上，就溜出教

室。

緊接著出現的是黃彩瑄選手，她每天上虎姑婆選手的數學課，都會大叫。面對黃彩瑄的獅吼功，虎姑婆選手根本不放在眼裡，他只是伸出他的虎掌示意要黃彩瑄坐下。黃彩瑄仍持續發射獅吼功。虎姑婆選手反擊說道：「妳以為妳有情緒障礙就不用上課嗎？坐下。我要開始講解這一題。」黃彩瑄終於停止獅吼功，開始搖晃身體，像是要變魔術。虎姑婆選手寫完題目後，轉身發現黃彩瑄的新招式，他完全不害怕，只是慢慢以虎吼功回擊：「妳要做什麼都可以，但是要在下課時間。在我的課堂上，你們只能研究數學、演算數學，即使現在不想聽數學課，還是要乖乖坐下。妳給我坐下。黃彩瑄坐下。坐下。再不坐下，我要叫妳的爸爸媽媽來學校帶妳回家。既然不讀書，那就回家去。」

不愧是黃彩瑄的小天使，余寶霓馬上反擊。余寶霓選手說：「老師，黃彩瑄沒有媽媽，她和二年級的弟弟都是這學期才轉來這間學校，是因為她爸爸好不容易找到村子附近工廠的工作，那裡做四休二，老師你今天打給她爸爸，她爸爸也不能來接她。」虎姑婆又是一吼：「老師在指導同學時，你們不能夠干涉老師。」余寶霓回擊：「老師，我只是把黃彩瑄的情況說給你聽。」

於是，虎姑婆選手摩拳擦掌緩緩步下講臺，他走向了黃彩瑄，黃彩瑄嚇得又開始大叫。虎姑婆選手不慌不忙把黃彩瑄的桌子搬到了講臺旁，又把黃彩瑄的椅子和書包也拿到講臺邊。然後虎姑婆選手好像準備挑戰一對二，他對余寶霓說：「妳把黃彩瑄帶去輔導室。」余寶霓選手回擊：「老師，這節課輔導室裡沒有老師。」虎姑婆選手眼睛睜得老大直盯著余寶霓反擊：「哪一節課有資源班的課程？」

突然，段子熖加入戰局。段子熖出招：「老師，我們班只有我一個要上資源班的課，不過今天沒有資源班的課喔。」虎姑婆選手把目光從段子熖身後的余寶霓，拉近到段子熖身上，然後對段子熖選手說：「你的問題是不寫功課，去資源班只會玩，以後不讓你去資源班。」段子熠選手一聽，又開始眼淚攻勢。

我見狀，也顧不得三七二十一，馬上加入挑戰賽。

「老師，你不要威脅段子熠，尤其更不能跟他講，要跟他阿嬤說他在學校表現不乖，要不然他會一直哭，哭到放學為止。」

誰知道我才一講完，段子熠回頭看我，接著就越哭越大聲，哭得整間學校都能夠聽見。

虎姑婆老師卻像是沒有聽到，他看著我，然後又瞧瞧我桌上的課本，接著他發動攻擊。

「盧晞旺，老師在處理同學的事情，你卻在課本上畫漫畫？」

我一聽，趕緊闔上數學課本。

就在全班氣氛都劍拔弩張時，鯉魚校長游了進來。

鯉魚校長馬上對全班同學說：「各位同學，要跟新老師好好相處。」校長說完，又動了動鯉魚鬚般的稀疏頭髮，轉頭看向我。「盧晞旺，請你出來。」

我趕緊把數學課本收進抽屜。

虎姑婆老師瞪了我一眼。

我心不甘情不願把數學課本拿在手上，接著舉步維艱到教室外。

鯉魚校長對我說：「盧晞旺，跟我到校長室。」

就在我步出教室後，我好像聽到虎姑婆老師獲勝的聲音，開始以數學題目大肆討伐剩下來的三名選手。

以下是盧晞旺記者深入茄苳樹國小的戰地報導。

目前勝出的有一號虎姑婆選手，身形如虎，力大無窮，絕招虎震山河。接著記者盧晞旺在茄苳樹國小為您報導虎姑婆的由來。據段子熤選手說明：「喂，盧晞旺。你知道嗎？新來的導師長得好像虎姑婆。」余寶霓選手聽聞，對段子熅選手糾正：「老師是男的，怎麼會是虎姑婆。」段子熅解釋：「誰說虎姑婆是女的，虎姑婆是指扮成姑婆的老虎，誰知道那老虎是男的還是女的。」余寶霓回應：「那你可以叫老師為老虎老師。」段子熅選手遲疑了，他左思右想後抛出一連串話語反擊：「可是只有年老體衰的老虎才會因為牙齒不健康，而開始吃人。老師看起來很強壯，很像是虎姑婆那種妖怪，有體力可以變身，還能夠在我們班上生龍活虎，總是擺出一副隨時都可以把我們吃掉的模樣。」

接著，為您報導以前在茄苳樹國小打遍全校無敵手，占上風的二號選手大魔王林健安。林健安身形如霸王龍，有兩隻粗壯的大腿，有力的小腿，以及如籃球明星般的大腳丫。絕招：瞪死人，以及冷不防揮拳。興趣：喜歡追逐茄苳樹國小學童滿校園跑。最常出沒地點：校長室。

戰況分析——

等等，因為我不小心撞到了林健安。

林健安那發狂的牛鼻子悶悶開始噴氣。

這下，大事不妙。

我才剛從校長室出來，就不慎撞到又要去校長室的林健安，只見他完全化身為一頭牛，直直向我衝過來，我趕緊拔腿就跑，直往樓下操場跑去。

彷彿我穿著紅色的衣物，林健安那隻鬥牛死命緊追在後，不管我在操場跑幾圈，他就是一直追著我繞圈圈。

直到鯉魚校長發現林健安追打我，鯉魚校長急急忙忙從樓梯跑下來，結果一不注意，鯉魚校長踩空，從樓梯上摔到一樓。

十幾分鐘後，救護車「喔咿、喔咿」停在校門口，老師們費了九牛二虎之力才終於把昏倒的鯉魚校長扶上救護車。

眼尖的余寶霓對我說：「奇怪，虎姑婆老師呢？」

「你和林健安打架的時候，我也沒有看見虎姑婆老師耶。」段子熠說。

「虎姑婆老師在頂樓。」黃彩瑄支支吾吾說：「我看見有一個人有著如老虎的背影，快速爬上了教室頂樓。」

「他去那裡做什麼？」我問。

段子熤一臉害怕。

「難道是去吃小孩子。」

「今天沒有人請假。」余寶霓轉頭開始清點茄苳樹國小的人數。「除了虎姑婆老師和鯉魚校長，茄苳樹國小全員到齊。」

「難道是吃了別村的小孩？」段子熤問。

就在我、余寶霓、黃彩瑄和段子熤討論起虎姑婆老師的行蹤時，催促我們趕緊回到教室的上課鐘聲又響起。「噹，噹，噹——噹。噹噹，噹，噹——噹。」

我們四個人只好回到教室。

虎姑婆老師則神祕出現在教室的閱讀角，他緩緩站了起來，回到講臺上。

段子熤回頭對我說：「好可怕。」

虎姑婆老師動了動耳朵，老師抬頭，他直盯著段子熤。

老師的皮鞋發出「喀、喀」聲響。

他伸手厚重的虎掌，直壓在段子熤的肩膀上。

「上課不許聊天。」

段子熤一驚，頃刻間運動服裝都被汗水浸溼。

看來，段子熤放學後必須要去媽祖廟收驚。因為他整個人都被虎姑婆給嚇壞了。

4

想念通訊

自從虎姑婆老師進入茄苳樹國小，我的數學課本上，每天都有戰地新聞漫畫報導。

這次和虎姑婆老師對戰的選手，是余寶霓同學。

事件：虎姑婆老師教我們一定要統一用相同的算式。

余寶霓同學則是回應老師說：「老師，這樣算，比較慢耶。」

「這種算式是這個單元要大家一定要學會的算法。當然，數學有許多算法，解題的辦法永遠不會只有一種。為了讓同學們熟練這種算法，因此在這個單元裡面的所有題目，我們都要用這樣的算法。」老師回應。

「我不喜歡這樣的數學。」余寶霓發牢騷。

「我都聽不懂耶。」段子熤附和。

黃彩瑄看看臺上的老師和身後的同學，她的表情很畏懼，她的臉龐都浮出青筋。她看起來就像是，隨時又想大叫。

我立刻舉手，然後起立，我對老師說：「請老師繼續上課。同學有問題，可以下課再跟老師說。」

黃彩瑄原本醞釀的焦慮停住了。

虎姑婆老師則是同意我的說法，老師轉身開始繼續寫黑板。

余寶霓卻突然推倒自己的桌子。

虎姑婆老師轉頭怒視余寶霓。

余寶霓吼道：「所有老師都一樣。只會一直上課，根本不管我們有沒有聽懂。」

我拉住余寶霓的手，低聲對她說：「余寶霓，妳有問題下課再問老師啊。」

余寶霓甩開我的手，她指著虎姑婆老師說：「老師就是你的工作，我們有問題，你就要幫忙解決。想處罰我嗎？處罰不是你的工作，你的工作是要教育我們。」

虎姑婆冷冷看著余寶霓。

「讓你們守規矩，也是教育的一部分。」

「守什麼人的規矩？遵守你的規則，只是獨裁的表現。」余寶霓反駁。

「余寶霓跟我到校長室，其他同學先算第一題。」虎姑婆老師說。

余寶霓仍坐在位置上。

「我們應該學會的規則，是互動規則，是同學和同學，是同學和老師，是學生和家長，是我們跟這個社會。所以老師請跟我們互動，讓我們上課上得開心一點，有趣的學習聽說會更增加記憶力。」

「我上課的方式就是讓你們會算會寫。」虎姑婆老師回應。

「我不喜歡你上課的方式。」余寶霓表現出很痛苦的模樣說道：

「我好想念以前的老師，我喜歡仙女老師，為什麼仙女老師不繼續待在這間學校代課，仙女老師為什麼不教我們了。」

虎姑婆老師立刻走下講臺，把余寶霓帶去校長室。

隔天，余寶霓沒有來上課。

星期五，第一節下課余寶霓神神祕祕對我和段子熤說：「我已經聯絡到仙女老師。我們明天可以一起去找她。」

「仙女老師在哪裡？」段子熤問。

「仙女老師在別的縣市代課，這個星期六中午，她會回來帶我們去市區吃飯。」余寶霓答。

「仙女老師為什麼要去別的縣市代課，她可以繼續留在茄苳樹國小代課啊？」段子熤問。

「笨蛋。你沒有聽林健安說過。村子裡的人都在搬家，很快，這裡就會變成沒有人居住的村莊。到時候，我們也不會留在這裡，老師也必須去別的學校。」余竇霓答。

「為什麼大家要搬家？」段子熤問道。

「因為年輕人都去了市區。」余竇霓回答。

「我和我阿嬤還住在這裡啊，我們沒有親戚，我們哪裡也不想去。」段子熤說。

「還是要離開的。段子熤，你必須要把戶籍遷到別的鄉鎮，那裡才有國中可以念，要不然你就不能讀書，只好留在這裡，去海邊的那間工廠上班。」余竇霓說。

「他們不會僱用童工的。」我對段子熤說。

段子熤一臉憂慮。「可是，我沒有親戚，我該怎麼辦？我要如何上國中？」

「沒辦法。就連茄苳樹國小都要消失了，我們還有什麼辦法。」

余寶霓嘆了口氣說：「我們只能祈禱，國小畢業後，茄苳樹國小才會被廢校。」

「我們國小要不見了？那妳找仙女老師回來做什麼？」我問余寶霓。

「想要請老師幫忙啊。我想跟仙女老師說虎姑婆老師的事情，請她教我們處理的辦法。搞不好，虎姑婆就會離開，我們就不需要再受虎姑婆的荼毒了。」余寶霓回答。

「我也好想念仙女老師，我想問她，我要問她，我要怎麼樣才能繼續升學。」段子熤說完，緊皺眉頭。

我拍拍段子熤。「你不要擔心，我媽或許可以幫你。」

「我不想要離開這裡。」段子熤說道。

「每個人最後還是會離開這裡。」余寶霓對段子熤說。

「這裡是我的家，我要永遠住在這兒。」段子熤堅持。

「算了，你要住哪裡就住哪裡。別忘了，這星期六，中午十一點，校門口見。不准遲到，不要讓仙女老師等。知不知道？」余寶霓說。

我和段子熤都點點頭。

一個怯生生的聲音說起：「你們在討論什麼？」

段子熤一楞。

余寶霓對黃彩瑄說：「沒什麼。我們是在講笑話。」

黃彩瑄一臉疑惑看著我、段子熤和余寶霓。

「是笑話，不過不好笑。改天，我想到一個好笑的，我再告訴妳。」我對黃彩瑄說謊，手心直冒汗，連背部都布滿冷汗，呼吸急促……我討厭說謊的感覺。

等到黃彩瑄離開，余寶霓對我說：「仙女老師不是她的老師，她不用去。」

星期六一大早，我把最乾淨的衣服找出來，換上整齊的衣物，很開心，一大早就到學校校門口，等待十一點到來。

就在我等待兩位同學和仙女老師的時間，我看見平常假日都會來村子訪問的教授和大學生們，他們一輛接一輛汽車，朝茄苳樹國小的停車場一停，下來了十幾個人，和以往不一樣，他們帶上了大臺的攝影機，還來了一位西裝筆挺的老先生。

我朝他們走過去。

其中，有人認得我。那位老師訪問過我家鄰居，從事番茄栽培經驗最久的潘阿公。那老師朝我揮揮手。

「盧晞旺，功課寫完了嗎？」

我一聽，突然感覺烏雲罩頂。

「我要跟老師同學一起去校外參觀。」我心虛回答。

就在我和那位作田野調查的李老師寒暄時，我彷彿看見一個熟悉的人影，咻的一聲，鑽入汽車間。

眼花了嗎？很可能是因為我太想念仙女老師，昨夜根本興奮睡不著覺，今天才會產生後遺症。

我揉揉眼睛，繼續跟那位老師聊天。

中午十一點一到，段子熤和余寶霓準時出現。

一兩分鐘後，映入我們三人眼簾的，是期盼已久的灰色轎車，那是仙女老師的汽車，就像精靈馬車緩緩降臨我們眼前。

仙女老師宛如童話故事裡的公主，優雅美麗的翩翩然下車。

余寶霓趕緊衝上前去。

「仙女老師，老師，我好想妳喔。老師，妳為什麼不繼續留在茄苳樹國小，不教我們班也可以啊，只要能天天見到老師，我就會覺得很開心。」

仙女老師露出和過去一般燦爛的笑容，先是摸摸段子煾的頭，然後拍拍我的肩膀。

「盧晞旺，有沒有乖一點呢？」

然後仙女老師給余寶霓一個擁抱。

余寶霓頓時笑得像一顆紅蘋果，還隨時準備從樹上掉落。

「咦？怎麼只有你們三個人呢？」仙女老師問。

余寶霓沒有回答。

我則是什麼都不清楚。

段子煾搶著說：「老師，很神奇喔，這學期，我們班只有四個人耶。」

「本來不是有六個人？」仙女老師問道：「那瑀品、欣馨和祁懋呢？」

「他們都轉學了。」余寶霓囁嚅著。「老師，這學期只有我們三

個人同班，還有一個轉學生。」

就在這個時候，我感覺國小的仙丹花叢圍牆像是有小狗鑽過在震動般，那矮樹叢搖晃得很大力，看起來應該是一隻大狗。

窸窸窣窣，樹葉掉落，仙丹花叢裡鑽出了一個人，那個人就是我方才很眼熟的身影。

「黃彩瑄，妳怎麼在這裡？」我問。

余寶霓很是吃驚，望著黃彩瑄。

段子熤則對黃彩瑄揮揮手後，向老師介紹：「仙女老師，她就是我們班這學期的新同學，轉學生黃彩瑄。」

仙女老師有些訝異，她走了過去，撥去了黃彩瑄身上的樹葉，然後叫我們四個同學都上車，仙女老師要請我們吃飯。

往市區的路上，余寶霓和黃彩瑄都沒說話，直到看見了餐廳。黃彩瑄才拉著余寶霓說：「這是你們老師要請我們吃飯的地點嗎？你們的仙女老師，人真是太好了。」

余寶霓這才面露歉意，卻又不知道該如何開口，她只是對黃彩瑄點點頭。

等老師停好汽車，段子熤伸手去拉仙女老師。

「老師，走快一點，我有好多話想跟妳說。」

仙女老師突然制止段子熤的動作。

「子熤，老師懷孕了，肚子裡邊有小寶寶，所以要慢慢走。你們先進去找位子，老師隨後就到。」

「仙女老師懷孕了！」余寶霓很高興。

「哇，我的美夢破碎了。」我拍了一下額頭，故意露出一臉失望。

「笨蛋。仙女老師去年不是請過婚假嘛。仙女老師早就結婚了，你應該要死心，不要想獨占仙女老師。」余寶霓瞪了我一眼。

「開開玩笑。仙女老師生的小孩一定很漂亮。YA！我又有機會了。」

我說完，轉頭問仙女老師說：「老師，需不需要我扶妳走路？這樣對妳肚子裡的小寶寶比較安全喔。」

仙女老師微笑。

「不用，你們先進去，我慢慢走就好。」

一進入餐廳，余寶霓規定大家點餐。

「段子熤，你吃這個。」

「黃彩瑄，我們一起吃這個，好不好？」

「盧晞旺，你吃這個。」

「為什麼？」我問。

「要幫仙女老師省錢。仙女老師馬上就要生寶寶了，你好意思讓仙女老師破費嗎？」余寶霓反問我。

仙女老師則是要大家想吃什麼就點什麼。

「老師還是跟以前一樣親切，不像我們班的虎姑婆老師。」余寶霓說。

「虎姑婆老師？」仙女老師一頭霧水。

「老師，妳不知道。我們班的新導師長得好像會吃小孩的虎姑婆。他很凶喔，他都不笑，而且林健安追打盧晞旺時，他都沒有出面制止。上課又很無聊，我跟虎姑婆老師反應，他就抓我去校長室。仙女老師，妳說那個虎姑婆老師是不是很可怕？」余寶霓問。

「等等。寶霓，妳是個很有禮貌的孩子，怎麼兩個多月不見，妳竟然幫新來的導師亂取綽號呢？」仙女老師問。

「那不是綽號。」我趕緊向仙女老師解釋。「是那些老師都變了。原本長得很像腕龍的六年級老師，現在連動作和上課速度都變得跟腕龍一樣慢，難怪都追不到林健安。還有四年級的犀牛老師，脾氣也越來越像犀牛一樣可怕。就連三年級的長頸鹿老師也越來越喜歡在學校看樹，無論哪一堂課，我們都可以在外邊看到長頸鹿老師帶著三個三年級的學弟妹在看樹。就連二年級的海馬老師也越來越像是海馬，她走路快速游來游去，我都很怕會不小心撞到她。還有一年級的梅花鹿老師，成天都帶著學弟妹唱兒歌。就連鯉魚校長也越來越行蹤不定，很像是活了很多歲的鯉魚，藏匿在池塘，讓我們根本找不到。」

「那是因為鯉魚校長受傷了。校長為了阻止林健安打盧晞旺，結果從樓梯上摔下來。」余寶霓說。

「怎麼回事？」仙女老師眨著困惑的雙眼問道：「難道每一個年級都只剩下個位數的學生？」

「對呀。」段子熠說著：「再也不能玩團康遊戲，因為人太少了，輪來輪去就只有我、盧晞旺、余寶霓和黃彩瑄。可是，那個虎姑婆老師也不會讓我們玩遊戲，他只會叫我一直罰寫，一直寫，可能到六年級畢業，我都寫不完他出的功課。」

「看來情況比我想像的還要糟。」仙女老師憂心忡忡望著我們四個同學。

「反正，遲早都會廢校的。」余寶霓問仙女老師說：「老師，今天我們找妳出來，是想問妳，有沒有辦法讓虎姑婆老師不要再教我們。因為他上課都照課本念，上數學課也一直叫我們算題目，根本都不告訴我們為什麼要那樣算。我不喜歡虎姑婆老師。我想念會幫助我們遠離林健安欺負的仙女老師，會像朋友跟我們聊天的仙女老師，會跟我們一起玩的仙女老師，會教我們很多事情的仙女老師……天呀，老師，我真的好想妳。妳可不可以回來茄苳樹國小代課？」

「寶霓，老師已經去別的學校代課，就必須要把一整年上下學期都代完，不能半途而廢。老師還要告訴你們，每個老師都有不一樣的教學方法，你們要去認識新老師，要去適應新老師的教學，這樣上課才能學習到知識。」仙女老師答。

「我還是很想念老師。」余寶霓說。

仙女老師摸摸余寶霓的頭。

「各位同學，老師很高興能有你們這麼可愛的學生。老師在這裡要提醒你們，接下來，無論是六年級還是七年級，甚至是上高中大學，你們會有更多的老師，也會再遇見對你們有助益的老師。只要好好上課學習，老師相信你們一定都能夠適應每一位不同的老師，然後從中得到寶貴的知識。」

「但是我怕。」黃彩瑄低聲說著：「虎姑婆老師真的很凶，我都聽不懂他說什麼。」

仙女老師摸摸黃彩瑄的頭。

「妳叫彩瑄對吧。老師跟妳說，妳不要害怕，這就像是玩遊戲，妳要去認識新老師就如認識一個新遊戲，妳要瞭解遊戲說明書就像去明白新老師的教學方法，然後妳就能夠把各個科目的題目怪獸都打跑，到時候，妳不會再害怕。相信老師。」

黃彩瑄聽完很開心，點點頭。

我們四個同學和仙女老師一起度過愉快的星期六下午。

5

教室裡的突襲

學校突然出現神祕人物。

據目擊者指出，該名神祕人經常出現在學校大榕樹下。

又被看到，是站在廢棄古井旁。

一年級學弟說：「有怪伯伯站在學校後門的排水溝。媽媽說不能跟陌生人講話。」

黃彩瑄在教室裡面跟同學說：「我轉學到茄苳樹國小之前，就聽鄰居說起。很久很久以前，茄苳樹國小是海盜聚集地點。」

余寶霓說：「我爸媽說這村子以前是海，根本沒有陸地。」

段子熤說：「三百年前，媽祖就來了。」

我對同學說：「我知道這個故事，讓我來告訴大家。三百多年以前，所有海盜都會聚集在這片土地分配寶藏，也交易寶藏。話說，那是個喜歡喝酒的海盜。因為太喜歡喝酒，常常無法做好自己該做的任務。例如：沒把海盜船長的寶藏藏好。忘記把該分給海盜船員的寶藏分配妥當。甚至，他還酒駕，成天用牛車載著寶藏到處亂跑。」

「是真的有海盜嗎？」黃彩瑄問。

「別急、別急，讓我把故事說下去。有一天，愛喝酒的海盜又跑到大榕樹下喝酒。就是我們學校裡那棵大榕樹。那個海盜一邊喝酒一邊炫耀自己手上有許多珍貴的寶藏。事情是那樣發生的。有另一個海盜想要用自己的外國瓷器交換愛喝酒海盜的玉器，愛喝酒海盜卻因為喝酒喝得醉醺醺，腦袋根本已經無法開機，他的頭腦故障了，因此他根本就不知道發生了什麼事。」

「他死掉了對不對？我聽鄰居那個過年才會回來的林大哥說，我們學校好像有鬼。」余寶霓說。

「有沒有鬼，讓我們繼續聽下去。很久以前的人說，那個愛喝酒的海盜就死在學校的大榕樹下。至於，是怎麼死掉的。有一派說法指出，海盜是因為酒駕而死掉，連同他駕駛的牛車和載運的寶藏，聽說都埋在大榕樹下附近，只有拉車的牛掙脫牛車後好端端跑掉。因此，那個愛喝酒海盜的鬼魂常常半夜在我們校園裡遊蕩，只為了能再找到一頭牛來幫他拉車。但現在根本就沒有可以拉車的牛，所以海盜每夜都為了找不到牛，而在這間學校裡哭泣。」

「是真的有鬼嗎？」黃彩瑄頓時嚇得渾身直打顫。

「這是故事，我是在說故事。還有一種說法，愛喝酒的海盜打了拿瓷器的海盜，拿瓷器的海盜便殺死愛喝酒海盜，還把所有寶藏都拿走了，只剩下愛喝酒海盜緊緊握住的玉珮。種紅蘿蔔的王阿伯就說過，我們學校曾經挖出過玉珮。那就是海盜的玉珮。所以愛喝酒海盜找不到自己心愛的玉珮，才會在茄苳樹國小走來走去，他要找玉珮。不過玉珮已經被人拿走了，海盜找不到，所以只好夜夜哭泣。」

「聽起來，那個海盜是個愛哭鬼。」余寶霓說。

「那不就和段子熤很像。」我看著段子熤說。

段子熤忽然很難過，他瞪著我說：「為什麼要罵我是愛哭鬼？」

我有些錯愕段子熤突如其來的怒氣。

「我是在說故事。」

「你說我像海盜？我又沒做壞事，為什麼會像海盜？」段子熤質問我。

「我是說，你跟那個海盜鬼一樣愛哭。」我解釋。

「你就是嘲笑我愛哭？」段子熤噙著眼淚看著我。

「我沒有嘲笑你。」我想跟段子熤說明白，我並沒有嘲笑他的意思，但是我不知道怎麼做，我本能隨手從口袋掏出紙團，對段子熤說：「我沒有欺負你的意思，如果我討厭一個人，我會用紙團丟他，就像我丟林健安那樣。」

「你之前是就把紙團丟在我身上。」段子熤說。

「我不是故意的。我真的是要丟林健安。」我答道。

「我想你是故意的。」段子熤的眼淚開始降下暴雨。

我很慌張，不知道要如何安慰段子熤。

我伸手想去抱段子熤，段子熤不想讓我抱，他掙扎，我想抓住他，好好跟他道歉，結果段子熤一扭，我卻不小心抓傷段子熤的手臂。

虎姑婆導師正好看到。

上課鐘聲響。

虎姑婆導師表情冷淡，沒有翻開數學課本，一反常態沉默望著我、余寶霓、段子熤和黃彩瑄之後，老師叫我站起來，然後命令同學轉向我。

「各位同學，曾經被盧晞旺欺負過的同學舉手。」虎姑婆導師問。

除了我之外，另外三個同學都有舉手。

虎姑婆導師下指令。

「都放下。黃彩瑄，妳先說。」

「他每次都亂拉我的椅子，害我嚇到。」黃彩瑄回答。

虎姑婆導師又指揮余寶霓。

「余寶霓，換妳說。」

「他曾經搶過我的手錶，還把我的課本藏起來，一個星期後才還給我。」余寶霓答。

「段子熠，你說。」虎姑婆導師說。

「他對我扔紙團，他笑我是愛哭鬼，他說我是海盜，他剛才還抓傷我。」段子熠吼著說。

虎姑婆導師依舊鎮定看著每位同學後，才緩緩說出：「黃彩瑄，

数学

盧晞旺拉妳的椅子，現在換妳去拉他的。」虎姑婆導師看著我說：「盧晞旺，你坐下。」

我坐下。

黃彩瑄愣住，她驚慌看著虎姑婆導師。

「走過去，到盧晞旺後面，他怎麼拉妳椅子的，妳就拉回去。」

黃彩瑄一臉吃驚，她看了看教室裡的每個人，然後低頭沒有說話。

「黃彩瑄，老師命令妳，盧晞旺怎麼欺負妳的，妳就怎麼欺負回去。」虎姑婆導師說。

黃彩瑄大叫：「我不會欺負別人，我不要。」

虎姑婆導師又轉向余竇霓說：「他搶妳手錶，現在換妳搶他的。」

余竇霓看著我，她想走過來，可是她不知道要做什麼。

虎姑婆導師又說：「余寶霓，老師命令妳，盧晞旺搶走妳的手錶，妳也去搶他的手錶。」

余寶霓聽完老師的話，真的走向我的座位，然後她很客氣的要拔走我手上的手錶。

我反抗說著：「這是我爸買給我的，任何人都不能拿走。」

虎姑婆導師問余寶霓說：「妳的手錶是誰買的？」

「我的手錶也是我爸爸買給我的。」余寶霓答。

「不一樣。」我像黃彩瑄那樣大叫了起來。「余寶霓的爸媽都在村子裡的公所農會上班，她回家就看得到爸爸媽媽。我爸在別的縣市上班，我一個月才能見他一次。」

「盧晞旺騙人。」段子熅瞪著我說：「你爸媽離婚了。」

「我爸真的在別的縣市上班。」我說道。

「你爸爸又娶了新媽媽，他們都不要你了。」段子熅說。

「我有媽媽，我不需要新媽媽。」我突然很想學余寶霓翻桌。

虎姑婆導師仍然冷淡看著我，然後對段子熤說：「他罵你，他扔你紙團，現在換你去罵他，去扔他紙團。」

段子熤躍躍欲試，從抽屜找出了許多廢紙，很努力把廢紙都壓成扎實的紙團，慢慢向我走過來。

「我為什麼要讓你丟。」我大吼。

「因為你丟我。」段子熤大叫。

「我不是故意的。」我說。

段子熤朝我扔紙團。

「那我也不是故意的。」

我很生氣，我想要揍段子熤一拳。

虎姑婆老師開口說：「段子熤。盧睎旺丟你一次紙團，你丟他一次。他剛才抓傷你，現在換你抓傷他。」

段子熤看著我滿臉怒氣，他有些遲疑，但還是決定伸出他又黑又髒的指甲，瞄準我的手臂。

沒等段子熤靠近，我一把將段子熤推開，我走向虎姑婆導師問：「你到底想怎麼樣？」

「老師，盧晞旺又開始發作了，他覺得自己做的事情都是對的，我們都是錯的。」余寶霓說完，很生氣的把自己的桌子推倒。

黃彩瑄大叫：「老師叫我們打同學，我們不應該互相欺負。」

段子熤則是摀著自己的額頭。

余寶霓忽然大叫：「老師，段子熤的頭流血了。」

段子熤將自己的右手放下，他攤開手掌一看，還好只有一點點血。

虎姑婆導師對我說：「盧晞旺，你看看你身後的同學，他們平常都要忍受你的調皮搗蛋，你卻沒有辦法忍受一分鐘同學對你的惡作劇。」

「我不是故意的。」我回頭一臉歉意看著段子熤，然後我轉頭對老師說：「老師，我要帶段子熤去健康中心。」

「余寶霓，你帶段子熤去健康中心。」虎姑婆導師說。

「我來帶段子熤去健康中心，因為是我不小心讓段子熤受傷的。」我說道。

「誰知道，你會不會在路上，又欺負段子熤。」虎姑婆導師說。

「我真的不是故意的。就像林健安打我，我才會打他。我真的是不小心的，我不是存心要讓同學受傷，也不是故意要讓同學生氣的。」我拚命解釋。

「你搞砸了，所以全班都討厭你，同學很生氣，校長也常常要處理你的事情而感到頭痛，你到哪裡都沒有人會喜歡你，不管你是故意的還是不小心，別人的確因為你而受傷，因為你而生氣，因為你而難過。」老師說。

「我真的不是故意的。」我覺得很難過，但不知道該如何向同學道歉。

虎姑婆導師問同學說：「欺負人好玩嗎？」

「一點都不好玩。」其他同學回答。

「余寶霓，你帶段子熤去健康中心，現在馬上去。」虎姑婆導師說完，要黃彩瑄坐下後，命令我去校長室反省。

站在空無一人的校長室門口，我轉身去辦公室想問教務主任，辦公室裡也沒有老師在，我只好在校長室走廊等校長回來。

真有一個奇怪的人影，先是出現在龍眼樹下，然後又逛到荔枝林，那個人提著一袋不明物體走來走去，一下子東張西望從後門圍牆爬出，一下子又東躲西藏由側門圍牆爬入。

那就是傳說中的神祕人物？

我趕緊離開校長室走廊，想去報告警衛室的替代役哥哥。

奇怪的是，竟然連替代役哥哥也不見了。

回到教室後，午休時間，我作了一個夢。

夢境裡，有一個海盜偽裝的虎姑婆，他走進了茄苳樹國小，他看見了我，他問我要不要服從他。

我問夢裡的海盜虎姑婆說：「我為什麼要服從你？」

「因為你們整間學校的人都被我抓住了。」海盜虎姑婆回答。

「那又怎麼樣？」我問。

「這可是你最喜歡的茄苳樹國小，這裡有教過你的老師，有和你同班過的同學，還有溫柔善良的校長，警衛替代役哥哥也經常請你吃糖果，工友爺爺也常常教你如何把花種得美麗，還有煮菜阿姨都會多

留一點飯菜給你們每個人帶回家吃。想想看，如果這些人不見了，你該怎麼辦？」

6

神祕人物傳說

校園裡，流言四起。

「鯉魚校長不見了。」

「聽說是被鬼嚇出病來，所以請假。」

「校長今天不是還有來學校嗎？」

「校長已經搬去別的縣市，根本就沒有住在宿舍了。」

「教師宿舍鬧鬼。嗚嗚，嗚——嗚。所以沒有人敢住。」

「哪來那麼多鬼？」我問段子熤。

段子熤連忙摀住我的嘴巴，環顧四周一圈後，他對我說：「小心一點，不要亂講話，鬼會聽見的。」

我露出一臉不屑。

「什麼鬼？海盜鬼嗎？」

「你自己都知道海盜的故事了，為什麼還不相信。」段子熤答。

「因為那是故事啊，就只是故事，我昨天也只是在說故事。」我說。

「故事就是以前發生過的事。」段子熤說。

「故事是以前的事又被說的人穿鑿附會，而且每說一次就失真一次，最後就像學校印的考卷，越後面的越不清楚。」我說道。

「這裡不會再像我們讀一年級時那樣的情況，學生多到教室不夠用。當時，我還分到上午班，那時候，你是下午班，對不對？」段子熤問。

我點點頭。

「那時候是因為黃彩瑄爸爸目前上班的工廠剛設立，所以吸引很多人來這裡上班。」

「那現在為什麼沒有人要去那間工廠上班呢？」段子熤問。

「噓，小聲一點，別讓黃彩瑄聽見。我告訴你，但是你要保密。

你不跟別人說，我才要跟你講。」我對段子熤說。

「我發誓，我不跟任何人講。」段子熤回應。

我附耳對段子熤說起悄悄話：「我跟你說喔，那間工廠聽說有毒。」

段子熤驚訝問：「什麼毒？」

「就是在裡面工作久了，人就會生病。」我答。

「生病？很嚴重嗎？那我們要不要告訴黃彩瑄，叫她爸爸不要去那邊上班？」段子熤問。

「可是黃彩瑄的爸爸長期找不到工作，現在好不容易有工作可以賺錢照顧黃彩瑄和她弟弟，如果她爸爸不去那裡上班，他們一家人該怎麼辦？」我反問段子熤。

段子熤想了想，對我搖搖頭。

我也無言以對。

自從鬼魂抓走鯉魚校長的謠言傳開之後，一到下課時間，所有學生都跑到操場，當起偵探和考古人員。

有的從家裡帶來鏟子，想要挖看看有沒有海盜的寶藏。低年級學弟妹認為，只要把寶藏還給海盜，海盜就會把鯉魚校長放回來。還有中年級的學弟妹剪一小撮頭髮放在徒手挖出來的小坑洞，自備放大鏡在大太陽底下，嘗試以燒頭髮的方式看到鬼。

也有學生聚集在司令臺上放一張紙、一枝筆，大家在紙上寫出自己認識的所有字，然後幾個人圍成一圈，紛紛伸出右手，握住筆，帶頭的學生說：「筆仙、筆仙，請問賴筱亞以後會嫁給誰？」

一時間，學校裡面充滿著妖魔鬼怪，以下是盧晞旺記者在茄苳樹國小的報導。

話說，茄苳樹國小鯉魚校長是因為走失才沒有來學校。據六年級學

生林健安目擊，該名學生宣稱，上個星期日，林健安同學來學校打球，意外撞見鯉魚校長從教師宿舍正要離開，校長沒有走宿舍大門，而是直接鑽進宿舍後邊的樹叢。林健安同學指出，鯉魚校長自那之後，就沒有再被任何人目擊過。

記者實地走訪，只知道宿舍後邊的樹叢源於清代，傳說是有錢人家的園子，教師宿舍則是蓋在富翁的房厝上，還曾經在動工建宿舍時，挖出過古代陶器。

另有證據指出，校長鑽入宿舍後邊的樹叢是為了挖筍子。依據茄苳樹國小五年級段子熤同學宣稱，校長在教師宿舍後邊種了竹筍，就在原本就有竹林的地方。還有人說道，那座竹林曾有一間竹屋，是巫婆住的地方，鯉魚校長很可能是因為不小心在那裡遇見巫婆，才會被抓走。

插播消息，工友爺爺出面說明，竹林裡的竹屋不過就是小工寮，叫學生們不要害怕。

根據記者統計，目前學校傳出的鬼怪，有學生玩筆仙叫來的，有學生在操場沙坑燒頭髮看見的，有大榕樹下的海盜，也有竹林裡的巫婆，以及教師宿舍前身的富翁祖先鬼魂，就連早就不存在的古井遺址，也被說成是跟學校地下室相通，還曾經有婢女受到欺負因此跳入古井死掉，有小孩被人丟進去結果死掉，甚至謠傳有學生掉進去然後死掉……最後，讓本人我茄苳樹國小駐地記者盧晞旺感到最懷疑的是，自從校長越來越少待在校長室的那時起，學校後門的樹林裡，開始出現古怪黑影。

「結論，鬼是出現在學校後門的樹林裡。」我對段子熤說。

「我阿嬤說，這裡以前都是海、河和水草。」段子熤說。

「你阿嬤不是常常跟你說鬼故事嗎？那些鬼故事又是怎麼出現的呢？」我問段子熤。

「是人帶進來的。三百多年前，媽祖也是人帶進這個村子。」段子熤說。

「那你阿嬤知不知道這裡三百多前的故事？」我問。

「因為跟外邊的士兵打仗，所以死了很多人。」段子熤答。

「那更久以前的故事呢？」我問道。

「跟妖怪打仗，也死了很多人。」段子熤答。

「人也死了，妖怪也死了，所以，只有鬼被流傳下來？」我又問。

段子熤搖頭，又點頭。

「我不知道，我阿嬤只說，以前沒有那麼多鬼。」

「鬼為什麼會越來越多，他們為什麼不離開？」我一臉困惑望著段子熤。

「也許這裡適合鬼居住。」段子熤答。

「那適合我們居住嗎？」我問。

段子熠把頭搖得很篤定。

「我不知道。我們本來就住在這裡。鬼還不是鬼的時候，他們以前也住在這裡。」我說。

「難道，這就是校長被鬼抓走的原因？」段子熠問。

學校真的有些古怪。

虎姑婆導師最近很少叫我去校長室反省，可能是因為校長不在校長室。

犀牛老師看起來無精打采。

長頸鹿老師也面露憂愁。

海馬老師常常請假。

梅花鹿老師總是焦急在辦公室內走來走去。

腕龍老師也面有難色望著學校的建築物和風景。

我提議全班去把鯉魚校長找回來。

「去哪裡找？」段子熅問。

「去荔枝園那附近的樹林找，我看過一個鬼鬼祟祟的人影在那裡出沒。」我答。

「我們應該要報警。」余寶霓說。

「但是校長只是請假，他並沒有失蹤。」黃彩瑄說。

「校長很可能只是因為想和我們捉迷藏，所以才會躲在樹林裡，要我們去找他。」我說。

「校長為什麼要和我們玩捉迷藏？」段子熅問。

「我隨口說說的。」我答。

「為了什麼原因？」余寶霓問。

「我想讓你們不要害怕，願意跟我去樹林那邊一探究竟。」我回答。

又一節下課，只有段子熤願意跟我去樹林那邊探險。

我帶了哨子和手電筒。

段子熤堅持要帶掃把。

我們兩個便鼓起勇氣，往荔枝園後邊的高大不知名樹林前進。

繞了好幾圈，除了發現一棵不知道為什麼被人切成好幾段的龍柏樹，躺臥在樹林中央，並沒有發現其他可疑之處。

我和段子熤只好無功而返。

就在我們要離開操場，往教室移動時。一個高大瘦長的影子忽然閃過，我和段子熤趕緊回頭看。只見一個陌生伯伯戴著手套，他蹲了下去，在跑道上拔草。

「他是誰？」段子熤問我。

「是新來的工友伯伯嗎？因為他在拔草。」我回答段子熤。

「這麼說，傳言是真的。」段子熤說。

「什麼傳言？」我問。

「聽說，我們這間學校要廢校。」段子熤答。

「你的意思是說，我們學校要消失？」我問。

「那個人也許不是工友伯伯，而是要來拆學校的工人。」段子熤推測。

「拆除學校？那他應該要開挖土機來才對。」我說。

「可能是打算一點一點慢慢拆掉。」段子熤臆測。

「有什麼證據？」我問。

「因為先是仙女老師那麼優秀的老師離開，接著就連好脾氣的劍龍老師也走了，現在連校長都不見了。這間學校肯定正在消失中。」段子熤回答。

以下是茄苳樹國小駐地記者盧晞旺針對樹林黑影的報導。

根據記者實地走訪，樹林黑影很可能就是新來的工友伯伯，因為鋤草工程而出沒在樹林間，被本記者誤會。連日觀察，發現新來的工友伯伯真可說是神出鬼沒，他一下子出現在學校前庭的廢棄噴水池前搖頭嘆氣，一會兒又在教室頂樓望著司令臺發呆，他還一個人站在學校菜園搖頭，下一秒他又現身在操場最外圍的廢棄遊樂器材旁。

不只記者一人發現該名工友形跡可疑，就連一年級的學弟妹也開始竊竊私語。有人認為新來的工友伯伯是別村跑進來學校參觀的校外人士。有的說新來的工友伯伯是壞人正在勘查犯案地形。余寶霓則主張去問教務主任。但是就連替代役哥哥最近也開始常常沒來。主任老師們聽說近期都要去縣府開會。黃彩瑄想問虎姑婆導師，但她還沒問，就常常

被嚇到大叫。

莫非，我作的惡夢就要成真？是虎姑婆導師要把大家一個一個慢慢吃掉？

以上，是記者盧晞旺的採訪。

7

古怪校長

那是個什麼樣的神祕人物，一來，就造成學校動盪不安？

一大早，教師辦公室鬧烘烘。

犀牛老師擦了擦厚重的近視眼鏡鏡片，問長頸鹿老師：「那就是新來的校長？」

「那個不是工友嗎？」海馬老師問：「我們班的學生都說那個人是新來的工友伯伯。」

「是新來的校長沒錯。」腕龍老師說。

「任期還沒結束，原本的校長呢？」梅花鹿老師問。

「聽說是因為生病，所以提早退休。」長頸鹿老師答。

我和林健安收作業簿到辦公室時，都聽到老師們的對話了。

「一定是因為學校要被廢校，校長才會想提早退休。」林健安說。

「你沒聽到，是因為校長生病了，所以才會有新的校長來。」我對林健安說。

「都是藉口。校長不要我們這些學生了。」林健安說。

「茄苳樹國小或許會被廢校。但是之後，我們還是有學校可以讀，我們又不是不能繼續上學。」我說。

「但是這裡是我們的學校。」林健安說。

「我們讀過的學校全都是我們的學校。」我說。

「如果在隔壁村的棋盤腳國小畢業，你要去嗎？」林健安問。

我當場楞住。

「你看，你也不想去念棋盤腳國小。因為那裡是別人的學校，我們的學校叫茄苳樹國小。」林健安說。

「可是學生越來越少，大家都搬去別的縣市上班讀書。這裡只剩下種菜捕魚的阿公阿嬤。」我說。

「就是因為沒有學生，所以才要廢校。」林健安說。

「這是不爭的事實。」我說。

「那就把學生重新找回來。」林健安說。

「已經沒有小朋友。」我說。

林健安卻一把抓起我的衣領，將我整個人扯到他面前。

「誰說沒有？只要有人願意搬進來，或有人生小孩，就會有新的學生來。」

「可是沒有人要搬進來。我真的是實話實說。林健安，你快把我放開。」我發抖說著。

從打掃區域走過來的余寶霓看見，連忙大喊：「林健安，你這樣很危險，把盧晞旺放開。」

這一喊，所有老師和新校長都從各自的辦公室跑了出來。

林健安眼看著人越聚越多，非但沒有把我放下的意思，還反而把我整個人抓起來。

頓時，所有老師都嚇壞了。

余寶霓急著大叫：「胡老師，胡老師，快點來，盧晞旺要被林健安摔死了。」

林健安一整個臉氣得脹紅，眼看著他就要用力把我從二樓走廊，往花臺外丟去，直接降落在一樓了。

剎那間，有陌生的聲音迴盪在走廊上。

「哇，想不到這間學校的學生體能這麼好，這裡還真是很特別的學校。」

林健安一楞，他手一鬆。

我趕緊依靠著林健安的背部，翻下後，安穩站立在走廊上。

那聲音持續說：「又一個體操選手的學生。看來這間學校並不像外邊的人說的那樣，是一點特色都沒有的小學。」

林健安瞬間又氣得臉紅脖子粗。

「你說什麼，不要因為你是校長，我就會怕你。什麼叫沒特色的小學，要不然哪一間學校有特色，你要不要跟我說看看。」

「很獨立自主，有自己的想法，難能可貴的人才。」新校長點點頭，還對林健安笑一笑，說道：「很高興認識你。同學，你是幾年級？你叫什麼名字？」

「我是六年級的，我叫林健安。」林健安回答。

新校長走過去跟林健安握手說：「你好，我是新來的校長，我叫魏勝孟，大家都叫我為什麼校長。」

林健安突然害羞起來，趕緊抽走自己的手，然後說：「為什麼校長，你好。」

其他老師則是低聲說道：「難道不處罰林健安嗎？難怪，這間學校的老師都跑光了，就是因為學生都爬到老師頭上……」

為什麼校長像是沒有聽見其他老師的話語，他對林健安說：「有空到校長室坐坐，我很想瞭解學生對體育的想法，如果你有任何建議，歡迎你隨時來校長室。」

林健安對為什麼校長點了一下頭，就往樓下教室走去。

新校長不僅掀起教師們的討論，還因為跟虎姑婆導師起衝突，引起了全校學生的關注。

我把整件事寫成了故事，打算發表在本週週記。

段子熅阻止了我。

「這樣一來，虎姑婆會更生氣。」

「這不是週記嗎？這是本週發生的事，我當然可以寫在週記上。」我回應。

「但是當事者就是我們的導師虎姑婆先生，我想他會越看越生氣。」段子熤提醒我。

「我不知道週記要寫什麼，好不容易才想到要寫什麼，你卻叫我不要寫。這下，本週週記的作業，我又要遲交。」我垂頭喪氣。

「我是為了你好，就是因為我們班的週記和作業，虎姑婆老師才會和為什麼校長吵起來的。」段子熤拍拍我的肩膀，安慰著我。

事情是怎麼引起的？

起先，余寶霓打電話給仙女老師說：「老師，我們班上的作業越來越多，我們都寫不完，妳有沒有什麼辦法可以幫助我們呢？」

仙女老師就叫余寶霓跟家長反應，請家長跟老師直接溝通。

余寶霓的媽媽來到學校卻沒有進教室，她直接走去校長室，還給校長許多建議。

為什麼校長因此請虎姑婆老師到校長室。

虎姑婆老師對余寶霓媽媽和為什麼校長說明：「功課是為了達到複習的效果，如果都不練習寫生字，也不要算數學，回家也不聽英語廣播，直笛也不需要練，星星也不用觀察，歷史故事也不用看，那乾脆都不要來上學。這樣，根本達不到學習效果。」

「胡老師，我知道你是一個很用心的老師，不過功課畢竟要適量，過多反而不利——」

為什麼校長還沒說完，就被虎姑婆老師打斷。

「一週才上課五天，假日多多複習，業精於勤荒於嬉，我這樣的作法有什麼不對。」

「胡老師，我知道你的用心。但是假日也要留時間給孩子去接觸大自然，或是去研究他們有興趣的事物，你一個週休二日就出了十項作業，這樣不僅妨礙現代社會的寶貴假日親子時間，也會讓孩子沒辦法靜下心來，好好從功課中複習，因此產生反效果，讓他們胡亂寫完，更加無法吸收其中知識。」為什麼校長說。

「如果只想要出去玩，當然無心課業。」胡老師說。

為什麼校長語重心長說：「胡老師，我希望你能多考慮這個村莊孩子們的情況。他們大部分都需要在放學回家後，幫年邁的祖父母煮飯或是工作。」

「學習是學習，家庭是家庭。」胡老師的態度很強硬。

「胡老師，你可不可以考慮以別的方式，讓學生們得到較佳的複習效果？」

「校長，你質疑我的教學？那麼你隨時可以叫我離開。」

「胡老師，我不是這個意思。我很肯定你對教育的熱忱，但是孩子的情況也請你多多考量。我們教育是對人的事業，而不是只求產品效能的企業。」

「我可以離開，我又不是非得待在茄苳樹國小代課不可。」

「胡老師，我真的沒有在逼你。一星期要上課五天，我是希望每天都能複習一點，那麼假日的功課量也會減少，讓孩子多讀點課外讀物，多點時間陪陪家人，或是去旅行增廣見聞等等。」

「那我就教到這學期。」

「胡老師，你要再考慮清楚。我真的沒有逼你走。畢竟教育圈很狹隘，你這樣一走，我擔心其他學校會對你的名譽有不好的揣測。」

「我無所謂。如果你覺得我不適任，我隨時可以離開。」

「夠了。」余寶霓媽媽越聽越生氣，她說道：「我沒見過像你這樣固執的老師。功課不一定要用寫的，能夠實際應用才是真的學習。你這種填鴨式的教育早就落伍，你必須要改變。」

「寶霓媽媽，如果妳想知道何謂教育，我可以拿出我的專業與妳詳談。但如果妳只是來學校發發牢騷，順便展現家長威風，那麼妳已經達到目的，我想妳可以離開了。」

余寶霓媽媽聽完，臉色一陣青一陣白，她對校長說：「校長，如果胡老師想另謀高就，你千萬不要耽誤人家的人生規畫。我相信其他家長不會跟校長介意，一定要胡老師帶完整學期。校長，為了孩子好，有些決定一定要當機立斷。」

余寶霓媽媽說完，高跟鞋踩得叩叩直響，讓全校師生都聽見了。那一節下課，每個人都知道，為什麼校長快把虎姑婆老師氣走。

「這真是一件好消息。」余寶霓說

「虎姑婆老師雖然很凶，不過我不喜歡換老師，我會害怕。」黃彩瑄不安說著。

我猛然想起林健安的話，他說：茄苳樹國小無論如何都會被廢校。

難道，真正的虎姑婆是為什麼校長。

剎然靈光一閃，我對段子熤說：「那個為什麼校長搞不好正在執行祕密任務。」

「什麼祕密任務？」段子熤問。

「把所有茄苳樹國小的師生全部都氣走。」我答。

「為什麼？為什麼校長有什麼理由要這麼做？」段子熤問。

「很可能是因為我們也不瞭解的原因。」我說。

「例如哪些呢？」段子熤問。

「如果我們真的都走了，茄苳樹國小就可以名正言順被廢校。」我說。

黃彩瑄一聽，臉色更加沉重。

「我不想再轉學了，我爸爸好不容易找到工作，我不想要離開茄苳樹國小。」

余寶霓難過皺緊眉頭。

「我好想念以前的同學，能不能叫他們都回來，我們再一起回到一年級二年級的生活，有許多同學，我們一起大隊接力，參加合唱比賽，學習表演歌仔戲，一起玩布袋戲。也把以前的老師都找回來，讓劍龍老師教我們刻篆刻，拜託仙女老師教我們攝影，也請胖胖老師教我們製作羊毛氈玩偶，還有實習老師們陪我們玩。」

「那我們就不要讓為什麼校長稱心如意。」我說。

「你有什麼辦法？」段子熄問。

「我沒有什麼辦法。」我左思右想後又說：「只能見招拆招。」

為什麼校長在升旗典禮上，以預備出招的架式，清清喉嚨，試圖對每個人微笑，他深呼吸，他開口——為什麼校長在升旗典禮上開始

介紹起自己。

他說：「各位同學、老師，大家早。我是新來的校長，我叫作魏勝孟，你們可以叫我為什麼校長，有任何問題都可以隨時來問我。」

一個三年級的學弟舉手問：「校長，你為什麼在這裡？」

為什麼校長笑瞇瞇回答：「因為原來的校長退休了，所以換我來。」

一個四年級的學妹問：「校長，那你會實施什麼新措施？」

校長左顧右盼。

「其實，我對這裡還不是很熟悉，但是我會好好研究。最重要的是，我要讓你們快樂安全在學校學習。」

一個二年級的學妹問：「校長，你認識新學校的方式就是先在操場拔草嗎？」

「是當工友。」一個四年級的學弟說。

其他年級的學生都笑了。

為什麼校長紅著臉說：「我想先認識環境。」

林健安問：「那你究竟觀察到了什麼？」

為什麼校長回應林健安一個燦爛的微笑。

「那麼，我就先來說個故事。很久以前，這裡是河海的交會地，因此帶來豐富的漁場。有一群人因為追捕烏魚，追著追著就來到這塊土地，他們上岸，東瞧瞧西看看，他們研究，他們得出結論，那就是他們很喜歡這裡。因此，他們把所敬愛的媽祖也請到這塊土地。從此，人越住越多，時間一長，這裡就成為一個村莊。不知道究竟多少年過去，河流淤積越來越嚴重，導致陸地往海延伸，海洋於是離媽祖廟越來越遠，村裡的人出海捕魚越來越不方便，於是有人開始養殖，有人學習種田，有人出外工作，有人在這村莊設家庭代工廠，然後茄苳樹國小就出現在這個村莊。」

「那是別村的故事。」林健安說。

「烏魚好像是隔壁村的故事。」一個四年級的學妹說。

「這裡以前有家庭代工廠嗎？」余寶霓問。

為什麼校長解釋：「這是我的推測，因為圖書館裡找不到關於這個村最早的紀錄。」

「我們這個村沒有歷史。」林健安說。

「每個地方都有歷史。」校長說。

「你剛才是在捏造歷史。」林健安反駁。

「我是希望大家去尋找茄苳樹國小的歷史，也尋找這個村的根源。剛才所說的故事，是一個發想，我們這個村落為什麼會形成，茄苳樹國小又為什麼在四十幾年前出現。我們可以集思廣益，找到真正的茄苳樹國小歷史。」校長回應。

「為什麼？」林健安問。

「因為茄苳樹國小必須存在下去。告訴你們一個真正的故事。我從學校畢業之後，就來到茄苳樹國小當老師，這裡是我第二個家，我不想看見茄苳樹沒有國小的模樣，我們的家不能輕易消失不見，只要還有學生，我們就要讓學校繼續存在下去。」校長答。

8

拯救大作戰

「原來茄苳樹國小真的要消失了。」我驚訝看著班上其他同學。

全校學生紛紛交頭接耳。

一升完旗，校園裡的每個人頓時都慌張了起來。

學校要消失了。

虎姑婆導師卻沒有消失。

老師繃著嚴肅的臉繼續他慣用的教學方法。

我、余寶霓、段子煾和黃彩瑄都一反常態，認真聆聽老師的數學課程，一下課，老師離開教室，我們才鬆了一口氣。

「完全沒有互動。」段子煾好像憋了很久的話，還開始唱起歌來。

「老師都沒問我們懂不懂，我們也不敢叫老師再教一遍。」余寶霓直搖頭。

「老師會離開嗎？如果茄苳樹國小就快要被廢校，那還會有代課老師願意來教我們嗎？」黃彩瑄問。

「我不知道。就覺得虎姑婆老師很奇怪，不是說要走嗎？又不走了？還是要等到茄苳樹國小結束營業的那一天，他才要離開？」我歪著腦袋想了又想，忽然得到一個可怕的結論。「難道，虎姑婆老師才是派來執行學生自動轉學任務的人？」

「所以他長得像虎姑婆，他原本就是虎姑婆。」段子熜也跟著大叫。

為什麼校長卻突然出現在教室外。

「各位同學，你們說什麼呢？虎姑婆？你們在說故事嗎？」

「是為什麼校長。」段子熜面露驚慌。

我想起了稍早升旗典禮校長的致詞，因此趕緊對為什麼校長說：

「校長、校長，我們需要你的幫忙。」

校長走進我們教室。

「別急，你是盧晞旺同學對吧。你那天的背滾翻做得很漂亮。」

「校長，他是在逃離林健安的魔爪，不是在做跳高運動。」余寶霓說。

「各位同學別打岔，我要跟校長報告重要的事情。」我趕緊跟校長說：「校長，我知道誰是派來瓦解我們茄苳樹國小的人了。」

校長一頭霧水看著我說：「瓦解茄苳樹國小？」

「就是虎姑婆。段子熤的阿嬤說，虎姑婆的故事其實是有心人士故意造謠，好讓大家不要隨便幫助陌生人。但是我們學校的虎姑婆老師就是要讓學生都不團結，他是真正的虎姑婆，是從山林跑出來的，就是故事裡面最原始的版本。一隻真正的虎姑婆，很久以前被小孩用計謀除掉之後，以為已經不存在了。所以有心人士才會利用虎姑婆的故事。但是誰都沒想到，虎姑婆還存在，因為老虎是很稀有的，老虎妖怪更需要很長的時間演化而成，想不到虎姑婆又出現了。」

我還沒說完，余寶霓氣得又推倒了自己的桌子。

「盧晞旺。什麼虎姑婆妖怪？虎姑婆老師只是像虎姑婆一樣可怕，他不是妖怪，他是我們的老師，只是就連我這麼冰雪聰明的孩子也無法猜透虎姑婆老師究竟要做什麼。」

我做出噁心的動作。

「余寶霓，妳是班上第一名也不代表妳就特別聰明。」

「盧晞旺，除了誣賴老師是妖怪，那你還有什麼高見？」余寶霓問。

「我不是說他是妖怪。我是說胡老師他可能正在做妖怪會做的事情，他想把我們趕走。就像虎姑婆的故事後來被有心人士利用來嚇唬大家。」我答。

校長點了一下頭。

「我好像有點明白了。盧晞旺同學，那你認為胡老師是誰派來的？」

「就是希望茄苳樹國小消失的人。」我答。

「那希望茄苳樹國小消失的人又是誰？」為什麼校長問。

「就是能夠讓茄苳樹國小消失的人。」我答。

「既然按你所說，那些人可以讓茄苳樹國小直接消失，他們又為何要大費周章，還要請胡老師來搞破壞呢？」校長問。

「我……」我搔搔腦袋，想不出任何合理的解釋。

余寶霓則是睨了我一眼後，對校長說：「校長，你不要聽盧晞旺胡說。茄苳樹國小會被廢校，是因為學生太少，只要我們找到足夠的學生來源，茄苳樹國小就能夠繼續存在。」

校長忍不住誇獎余寶霓是很聰明的學生。

余寶霓便得意了起來。

校長則指著地上的桌子對余寶霓說：「聰明的孩子一定能想到解決方法，不需要推倒桌子出氣。」

余寶霓一臉慚愧，趕緊把自己的桌子搬起來。

「那聰明的校長，你有什麼方法可以拯救茄苳樹國小呢？」段子熤問。

為什麼校長微笑回答：「我想多瞭解茄苳樹國小的環境，再針對特色發展，我相信一定能找到解決辦法。」

我搖搖頭說：「沒什麼特色。茄苳樹國小和附近的棋盤腳國小一樣，都是鄉村國小，校舍很老舊，校園裡充滿老樹，操場很大卻沒有設施，空地種各樣青菜和果樹，可以讓學生帶回家吃，也供營養午餐使用。學生的家裡大多都只有阿公阿嬤，爸爸媽媽不是離婚就是在外地工作。」

「怎麼會沒有特色。盧晞旺，校長剛才就聽你說段子熤的祖母很會說故事，這就是特色。我們也許可以請段子熤的祖母來學校講故事。」校長說。

余寶霓做出舉雙手投降的姿勢。

「報告校長。我們已經聽段子熤重複說他阿嬤那些老掉牙的故事很多遍，請不要再荼毒我們。」

「你們聽過很多遍，但是社區裡的人聽過嗎？棋盤腳村的那些人知道嗎？我覺得這是個不錯的想法，如果我們茄苳樹國小可以成為——」

一想到腦中的靈感，我興奮得忘記了禮貌，打斷校長說話。

「虎姑婆的巢穴、海盜的大本營、鬼魂徘徊的國小。我們或許可以賣門票，讓大家都進來茄苳樹國小露營，看看能不能遇見幾百年前鹿墳場跑出來的鹿鬼魂、海盜時期忘了回家的海盜鬼魂、傳說是日本時代刑場的鐵鍊鬼、海浪衝上岸的水鬼、順著河流漂下的水鬼、段子熤阿嬤口中的祖先鬼魂和壞巫婆鬼魂……光是一個晚上可能不夠，我們可以辦營隊。這樣一來，茄苳樹國小不需要縣政府也可以經營下去。」

校長的眼睛發亮，看著我說：「盧晞旺同學，你說的是個很不錯的點子。真高興茄苳樹國小的孩子都能夠有智慧有勇氣，保護自己心愛的學校。」

校長說要拯救學校，原來不是說說而已，他每節下課都很盡心盡力去訪問每個班級。

以下是盧晞旺記者採訪。

「我們學校有很多螞蟻。」一年級的學妹說。一年級的學弟補充說明：「我們學校真的有很多螞蟻，有很多不一樣大大小小的螞蟻。家裡

面根本看不到那麼多種類的螞蟻，也看不到螞蟻蛋。螞蟻的家、一整排的螞蟻和螞蟻抬著昆蟲屍體走來走去的情景，就只有在這裡才看得見。」茄苳樹國小校長邊聽，邊認真做筆記。

以下是二年級的看法。

「我們學校有很多鳥，有附近飛來的賽鴿、野生的鴿子、白鷺鷥。有很多種白鷺鷥，大的小的有黃色羽毛的。還有高蹺鴴、海鷗。當然也有雞鴨鵝，有紅冠水雉，也有貓頭鷹。最不喜歡的是蝙蝠。雖然蝙蝠不是鳥類，但是一樣會飛，而且也很特別。我表妹住在別的縣市，她們從來就沒看過蝙蝠。」

三年級的看法如下。

「我們學校，嗯，樹很多。根都隆起比操場地面高許多。樹木也都有大樹圍，應該比我們的阿公阿嬤都還要老，很值得保護。村子裡頭並沒有很多樹。只有媽祖廟那邊有兩棵。所以學校這裡的樹，數量是我們全村第一名。第一名很厲害，所以我們覺得可以介紹樹，或者說樹的故事。關於樹的故事，我聽過一個：媽祖廟當初為什麼會蓋在現在這個地點？好像是因為媽祖的

畫像被吹到現在媽祖廟埕前的那棵大榕樹上。小的榕樹則是後來種的。最早媽祖廟那邊只有一棵樹。樹很珍貴，而且可以乘涼，我們也許可以去樹下上課，感覺一定跟在教室裡邊不一樣。」

以下是四年級的綜合看法。

「我們喜歡聽故事。」四年級學弟妹說。

「尤其是古代故事。」學弟說。

「對，越久遠的越好。」學妹說。

「一百年前就可以了。」學弟指著學校的噴水池又說：「那邊挖出過一百多年前古人使用的花瓶。」

「還有土磚，比我們學校的地基還要早，也比學校的前身，農田田埂還要早。」學妹說。

「好像也有古代的水池。」學弟望著學妹疑惑說著：「是不是還有庭園？」

「聽說是有錢人家的花園。不過，後來學校整修前庭時，挖土機只挖到我們爸媽小時候的生活用品。」學妹答。

「有洗頭髮粉、石頭做的洗衣板、木頭用具、厚重的碗盤，以及玻璃的飲料瓶。」學弟說。

「一般外面來的人都不知道這些。」學妹說。

「對，那些平常來村子採訪我們阿公阿嬤的教授也不知道。」學弟說。

「學者會去看我們住的房子，然後點頭說：『傳統民宅保存很好，請繼續努力。』結果，我家根本沒有錢維修，以前阿祖住的房間都塌下來一個大洞。是村子裡每戶人家籌錢，才幫我家拆掉那間隨時會倒塌的危險房間。」學妹說。

「錢好像很重要，有經費，我們的確可以做很多事情。」學弟補充。

最後是林健安發表個人看法。

「我覺得一定要發展學校的運動特色。例如：壘球、棒球、木球……球類運動比賽如果傑出，就會吸引有興趣的學生來就讀。有了學生，茄苳樹國小就不會消失。不過茄苳樹國小眼看只剩下明年最後一學期，明年六月我一畢業，茄苳樹國小就會被廢校。之前聽前任校長說起過……所以運動特色規劃可能是以後的事。現在我們必須採取更立即的手段。例如躲避球比賽，眼看著我們就要輸了，我們也只能就現有的人奮力一搏，以達起死回生之效。我覺得這時候媒體很重要。如果我們學校夠漂亮，我們可以發展觀光，有人潮來，就會有媒體，有輿論壓力，茄苳樹國小或許就能免除下學期之後就消失在地圖上，永遠成為我們這些學生回憶的可憐命運。」

我跟在校長身後，聽見好多學弟妹和林健安學長的看法。我對每位在茄苳樹國小就讀的學生全都感到十分敬佩，原來大家都有好多有趣又厲害的建議。我因此下定決心，以後絕對再也不敢隨便嘲笑任何人。

9

社區魔法

校長提出了他的想法，先整理茄苳樹國小的環境，讓學生擁有一個美麗的校園。

每節下課，每一位學生都自動自發，高年級同學清理校園水溝，中年級學弟妹把操場的石塊都撿起來聚集在菜圃前，低年級學弟妹則負責掃落葉。

校長還讓學生畫出最嚮往的校園設計。

一年級畫出了教室前面是花園，教室後邊是菜園，樹林裡都是遊樂器材。

二年級繪出樹林裡到處是樹屋。

三年級最希望學校有船，可以還原學校以前靠海的景觀。

四年級想擁有綜合體育場。

五年級的我們最盼望樹林裡都是體能運動場，教室內外都有美麗的塗鴉，學生每一個人都可以擁有屬於自己的一小塊花圃和菜園，可以舉辦種菜或是種花競賽。

六年級的林健安期待把多餘的教師宿舍變成遊客住宿地點。每個遊客都可以認養學校的菜園花園，收成後幫忙宅配。樹林規劃成故事走廊。教室外牆使用藍曬創作。學校前庭打造成可以讓人拍婚紗的夢幻花園。

校長拿著每個學生的設計圖，很是仔細思考後，他把每個人的畫作都貼在中走廊的牆壁上。接著，他在布告欄上貼出了一張紙，上面列了好多設施清單。

「那個字要怎麼念？」我問余寶霓。

「哪一個字？」余寶霓回應。

「什麼水池？」我問。

「是蓄水池。」余寶霓答。

「有什麼用途？」我問。

「校長想要收集雨水。」余寶霓答。

「收集雨水做什麼？」我又問。

林健安走了過來說道：「如果我們學校要蓋成大家會喜歡的那種花園，還要提供住宿給遊客，就需要許多水，利用雨水澆花澆樹，再配合雨水過濾池，就可以沖廁所，還可以養魚，更可以提供乾淨的水源作更廣泛的用途。」

「當然有了蓄水池和過濾池還不夠，還需要懂得庭園設計的人，需要水泥工人，需要很多專業的人才，所以校長才會公告這張清單。」余寶霓說。

「我還是不懂？」我問。

沒料到，林健安瞬間舉起熊掌。

我嚇死了，難道我又惹他生氣，他又要打人？

林健安只是拍拍我的肩膀對我說：「要改變不一定要靠別人，我們可以靠自己。校長是要我們回去問家長，看我們這些學生的家人鄰居朋友能夠協助學校完成哪些設施。」

不只是張貼公告在學校和社區活動中心。

校長還發問卷讓學生帶回家詢問。

眼看一星期過去了，問卷還沒有全部回收，整個村的大人都竊竊私語，認為茄苳樹國小一定會被廢校，就算再怎麼努力也是白費力氣。

因為沒有外力援助，校長只能靠自己，他捲起袖子，自己挖水道，掘蓄水池的地基，用石頭在操場廢棄沙坑堆起像石滬的設施。可是無論校長重複堆石塊堆幾次，石頭都不聽他的話，匡噹一聲就倒了下來。校長不放棄，他一邊翻書一邊坐在沙坑旁，一次不行再試第二次。直到林健安走過去，他悄悄蹲下，默默揀選石頭然後依照每塊石

頭的特性去排放。校長露出一臉驚奇看著林健安。

林健安對校長說：「我家本來是靠捕魚維生，現在從事養殖。」

校長特別在林健安的聯絡簿上，讚揚林健安的聰慧和熱心。

林健安的父親看了很訝異，他趕緊到學校瞭解林健安的學習狀況。卻看見原本村裡的人認為的小流氓

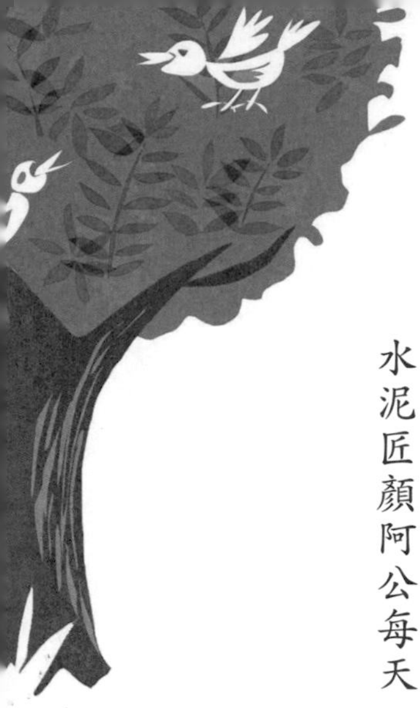

林健安，竟然會幫校長蓋小魚池，又幫一年級的學弟妹製作小椅子放在樹林給他們乘涼，又幫二年級的學弟妹編吊床綁在樹上。

林健安的父親於是叫村裡的人都來看茄苳樹國小的轉變。

終於，全村的人都被茄苳樹國小感動，他們想要盡自己的力量，用心保護這座校園。

水泥匠顏阿公每天

清晨就到茄苳樹國小，幫忙砌像海底世界一樣漂亮的海洋生態花圃。

潘阿公也協助用石頭、寶特瓶打造出像花園一樣漂亮的菜園。從此，每天都有村裡的阿嬤輪流指導學生，在什麼季節種植什麼蔬菜，菜才會快快長大，變成新鮮好吃的蔬菜。

村長阿公也借來小型挖土機，想幫學校整理廢棄土地。

所有老師和老師的家人們也在休假日，前往茄苳樹國小，一人一支圓鍬，一人一支鐵鎚，把年久失修破損嚴重的ＰＵ跑道都撬起來，把妨礙老樹生長的磚塊都拔出來，讓原本種在狹窄盆栽的小樹都移植到校園重新規劃出來的空間。

漏水校舍在眾人維修後，教務主任再也不用在下雨時，跑到頂樓去蓋塑膠帆布擋雨。

教師宿舍的破窗戶，也在眾人協力下，敲掉破碎玻璃。荒廢多年的教師宿舍環境全被大家整理乾淨，使得原本陰森恐怖的教師宿舍煥然一新，甚至可以作為學生作品和附近藝術家的展示空間。

因為全村的努力，茄苳樹國小原本灰灰髒髒的外觀、漏水校舍和教師宿舍玻璃破得到處都是的傾頹景象，全都改變成為安全美麗的環境。

這個星期六，校長請學生和有時間幫忙的村民到國小集合，準備用油漆彩繪老舊教室一樓圍牆。

一年級的教室外，打算畫上星空。

二年級教室圍牆，計畫繪上臺灣黑熊、獼猴和梅花鹿。

三年級想畫好多艘船在海面上。

四年級決定要畫傳說故事。

五年級由余寶霓設計，她請我們大家協助她畫海底城堡。

六年級的林健安想來想去，他想畫夕陽、紅樹林、漁塭，還有遠邊的田地和高山。

星期六一到，天才剛破曉，能夠來幫忙的村民都聚集在國小操場。

村長阿公笑得好像番茄園收穫的季節，他對校長說：「不只是我們，還有請幫手喔。」

那是平常星期六就會出沒在這村子裡的那幾輛汽車，我認得其中一輛鐵灰色的休旅車，那是常常來村子作田野調查的李老師。

我跑了過去。「李老師，老師，今天大家都沒空讓你採訪，因為我們要一起畫學校。」

李老師笑著回答我說：「今天還是要採訪，不過我們要邊畫邊採訪。」

「畫什麼東西？」我問。

「幫你們畫學校啊。」李老師答。

我定睛一瞧，平常載滿攝影器材的汽車，這次全都載滿油漆和工具，還載來了一群大學生哥哥姊姊，他們紛紛捲起袖子就要開始動手幫忙茄苳樹國小。

段子熅的阿嬤看得很高興，她對大家說：「阿婆來煮甜湯給大家喝，大家努力畫，一定要讓學生有學校念，不要從小就離鄉背井去讀外面的學校。」

一直很不喜歡被採訪的潘阿公，看到李老師他們也來幫忙，潘阿公感到李老師他們的熱情，就答應下次一定要跟他們好好講古，讓茄苳樹這個地方能夠被保存下來，能讓更多人認識知道。

就在眾人合力協助下，到了傍晚時間，教室一樓的圍牆全都變成五顏六色的奇妙風光。

就在眾人陶醉於眼前的美麗圖案時，林健安對李老師說：「老

師，你可不可以請有名的藝術家免費幫我們國小教室面對側門的那片牆壁作畫，不用很複雜，我想用藍曬圖的方式，就是簡單的線條，簡筆畫幾顆星星和一棵大樹，我想讓所有人在夜晚也能看到茄苳樹國小美麗的模樣。」

李老師聽了直點頭，他摸摸林健安的頭，說道：「你的建議非常好，老師一定會設法幫你們請來願意協助的藝術家。」

我走了過去，我對林健安伸出手，我想跟他握手。

「林健安，我們是好朋友，對不對？」

林健安對我一笑，他伸出雙手，給我大大的擁抱。

因為新校長的努力，村子裡無論原來的住戶還是新搬來的家庭，所有人都變成了好朋友，而茄苳樹國小每個年級的學生也像極了和樂的家人。

10

奇蹟學校

這天，校長在挖連接雨水過濾後的灌溉水道，匡的一聲，校長嚇了好大一跳。校長趕緊停下施工進度，用手去撥，小心翼翼揮掉灰塵，仔細一瞧，竟然發現是一大堆生鏽的銅錢。

一下子，校長挖到寶藏的消息傳開，整個村子裡的人都來看。

「是清朝使用的銅錢。」校長解釋。

「有沒有寶石還是黃金？」我問。

「只有一袋銅錢。或許挖挖附近，如果還有其他同一時期遺留下來東西，就可能會出現。」校長答。

一時間，大家七嘴八舌討論起海盜的故事，說著學校以前是富豪世家三合院的傳言，還有段子熄阿嬤說過他們祖先和外國人交易的市場遺址……校長聽著聽著，突然開心大笑。

「等等，各位鄉親，聽我說一下。我覺得這袋銅錢就足以吸引人潮。」

「怎麼吸引啊？校長。」我的媽媽問。

余寶霓爸爸不解的說：「以前我家整修時，也發現過許多生鏽銅錢，那生鏽後的銅綠有毒，怕小孩撿到會誤食，我們後來都拿去丟垃圾車。而且校長你看，我們這裡沒有設備，一旦開挖，如果還真掘到珍貴古物，只怕一下子就氧化，我們什麼都保存不了。」

「不是要開挖古蹟。而是要讓大家來聽故事，我們還可以準備一個小型文物展覽空間。」校長答。

「只有一袋銅錢，根本開不了博物館。」黃彩瑄的爸爸說。

校長拍拍胸脯：「我感覺一定會發現更多有趣的東西，不一定是幾百年還是幾千年那種古物。」

校長話一出，眾人更加願意幫忙整理學校。

以下是茄苳樹國小記者盧晞旺報導。

一天前，校長挖到清代銅錢，之後沒多久，校長又挖到了農村時代的牛軛。五個小時前村長阿公挖到不明植物的拓印化石，四個小時前五年級的同學踢到了青花瓷瓷器碎片，三個小時前四年級的學弟妹撿到鈿飾貝殼的木塊，兩個小時前李老師帶藝術家來勘查場地時發現貝塚，一個小時前林健安在以前傳說是古井的位置意外發現動物的獸骨。

茄苳樹國小再創奇蹟，不僅讓教室圍牆變美麗，還擁有許多歷史古物。校長指出，以上物品將在整理過後，以小型展覽方式呈現。希望以後能夠拿到經費，對茄苳樹國小作一系列的研究，看是否有考古研究的可能性。校長還在升旗典禮上，再次感謝各位老師、學生和村民的大力幫忙。也對常常來作田野調查和計畫拍攝茄苳樹國小紀錄片的教授和學生，表示大大感謝。校長跟李老師聊了很久。因為上課緣故，記者盧晞旺必須馬上返回教室，下課之後再為大家作更詳細報導。

我走出校長室，又回到虎姑婆老師的管轄範圍。心裡頭並沒有像之前那樣懼怕上虎姑婆老師的數學課。那是因為，經過一整個月改造茄苳樹國小的行動，我發現許多老師都正在跟著學校改變。

像是原本長得像長頸鹿，喜歡觀察樹葉的長頸鹿廖老師。現在，他變成茄苳樹國小樹木組的老師，任務是保護樹木、照顧樹木和介紹樹木知識與故事給大家聽。

長得像腕龍的劉老師，他原本動作很慢，上起課也無精打采，經過參加改造學校的活動，現在腕龍老師恢復活力，還成為表演組的指導老師。專門負責教學生打陀螺、跳繩、踢毽子等等，而且在每個月的第二個星期日開放民眾觀看表演。

很像梅花鹿的凌老師，原本因為廢校問題而心情焦慮不安，如今，她是學校裡最活潑幽默的老師，也是故事組的指導老師。

猶如海馬的黃老師，原本對學校的事情不大熱衷，經過這段時間的參與，海馬老師再也不會一放學就急著回家，她總是會留下來好好檢查學校裡裡外外的設施，像是一發現樓梯的止滑金屬片快要磨平，她便趕緊請校長核發經費處理。

就連脾氣火爆的犀牛紀老師也改變個性，犀牛老師變得願意傾聽學生的意見，更加相信學生的處理能力，還喜歡跟學生成為好朋友，他還主動負責學校的環境衛生和垃圾處理問題。

就連我的導師，虎姑婆老師也讓我、余寶霓、段子熅和黃彩瑄刮目相看。原來虎姑婆老師有很強的美術才能，例如：六年級教室外邊圍牆上的青山綠水和夕陽漁塭，全都是虎姑婆老師畫的。胡老師還會補土油漆，廢棄教師宿舍的空間都是胡老師整修的。胡老師為茄苳樹國小所作的努力不僅如此。因為胡老師認識很多昆蟲和許多動物，林健安撿到的動物頭骨，經胡老師判斷，認為是很久以前鹿的遺骸。正因為胡老師對於動物生態的瞭解，校長特別請他擔任綜合生態導覽組的老師。

儘管茄苳樹國小改變許多，然而我們的數學課還是進行得很嚴肅，其他同學依然有問題不敢問。但是胡老師真的和之前不一樣了，他會在講解完每一題之後，停下來五秒鐘，他會看同學們的表情，然後就像會讀心術，感應到同學的心聲後，便會再用不同的方式說明數學問題。

以前的茄苳樹國小真如段子熤所說，慢慢消失。

改頭換面的茄苳樹國小則在校長的指導下，每個學生都要學習每一組的事務，一連串訓練下來，茄苳樹國小的每個人都重新認識了我們的老師、我們的同學、我們的學校和我們生活的環境。最明顯的例子，就是原本每個人都很害怕待在樹林，深怕會有妖怪鬼魂隨時出現，把我們一口吞掉，或是讓我們心驚膽跳，只能夾著尾巴逃跑回家。現在，瞭解學校的各個傳說和歷史之後，就連一年級的學弟學妹都說：「我們不會害怕大榕樹了，就算看見鬼遇見妖怪，他們也是屬於茄苳樹國小的寶藏，我們要勇敢，一起好好守護茄苳樹國小。」

每個人都很努力改變，一心希望留住茄苳樹國小。

段子熤原本不敢在大家面前表演，經過余寶霓的鼓勵，段子熤演的黑貓終於不會在抓到小孩之前，就先跌個四腳朝天。

黃彩瑄不喜歡在大家面前說故事，她一緊張就會大叫，經過校長的勉勵，黃彩瑄整整練習了一整個星期，才終於敢在學校的司令臺上對大家說出「大家好」三個字。

林健安也不喜歡跟陌生人接觸，但是田野調查的李老師告訴林健安。

「這面牆的藍曬圖是你的想法，你有責任告訴大家，你為什麼想要畫星星和大樹。」

林健安聽完之後，才勉強點頭。好幾次下課，我都看見林健安在樓梯間，一個人對著草地，反覆說明茄苳樹國小的歷史。

余寶霓飾演壞巫婆改邪歸正，成為會保佑村莊的好巫婆。但是她不會說臺語，又背不起來段子煾他那平埔族阿嬤教她說的話，排演時，好幾次她都是用國語把故事講完。梅花鹿凌老師鼓勵余寶霓，用自己的方式演出巫婆的故事，自然而然就會因應情境記得臺詞。

我則負責演海盜，我只需要跟一隻虎姑婆老師畫的道具牛，在樹林裡走來走去。可是好幾次，我都被道具牛絆倒，要不然就是差點折斷用瓦楞紙板做的道具牛。後來，我把道具牛帶回家，想像牠就是我養的牛，隔天再帶著道具牛去排演時，我覺得道具牛好像突然變成真的，我和牛一起開心漫步在樹下。

雖然演戲害怕說臺詞，跳舞很怕跟不上大家，導覽的時候畏懼把茄苳樹的特點說成白榕樹的特性，介紹茄苳樹國小歷史最擔心腦中一片空白……每個學生還是很期待能夠在遊客面前展現，讓大家都能夠

喜歡茄苳樹國小。

經過校長努力奔走，茄苳樹國小終於開始對外宣傳。當遊客進入茄苳樹國小，第一站，他們會先聽林健安導覽學校的建築物特色和校舍歷史，並且欣賞學校的花園、菜圃和圍牆塗鴉。

第二站，他們會進入樹林組，由三年級介紹茄苳樹國小的樹木狀況和老樹傳說。遊客們繞了樹林一圈，直接在樹林裡的遊戲區休息，那邊有像是專門給小矮人使用的桌子椅子，有吊床，有盪鞦韆，也有木頭躺椅。在休息幾分鐘後，負責故事組的學生會出現在樹林裡，他們先演一場漁夫上岸的戲，然後說媽祖廟由來的故事，最後戴上傳說中的妖怪面具跳舞，遊客們可以一起跟著跳舞。

第三站，位在教師宿舍的閒置空間。綜合生態導覽組負責解說校園和村莊裡的生態環境之後，導覽學校校地內挖出來的古文物和化石展覽。遊客觀賞打陀螺、跳繩和踢毽子等等表演。最後，是童玩製作區，每個月的手作課程不同，半年循環一次，一共有六種童玩，等著遊客來親手製作帶回家。

茄苳樹國小生態人文校園導覽活動開始的第一天，來的都是附近村莊的居民，還有李老師帶來的大學生哥哥姊姊們。因為都是認識的人，使得每位同學沒有那麼緊張，當然還是有意外插曲發生。

由我本人駐地記者盧晞旺報導漏網鏡頭。

首先，遊客進入茄苳樹國小。林健安同學慌慌張張跑了出來，他先是深呼吸一口氣，然後對遊客說：「歡迎大家來到茄苳樹國小。」但是林健安卻是反方向指著背後教室建築物上的牌子，變成學、小、民、國、樹、苳、茄，還指了好多遍。一時間，笑聲連連。就連平常不愛展現笑容的林健安，也跟著開始微笑，他一笑，心情一放鬆，接下來的建築物導覽工作，他做得很得心應手。

三年級導覽樹木組的學弟，指著菩提樹，眼睛看著龍眼樹，嘴巴說著：「我們學校最古老的樹，就是大榕樹，雖然它沒有比長滿猴子造型樹根的黑板樹高，但是年紀卻是最大。大約有三千多歲——」遊客馬上提出質疑：怎麼會有三千多歲的老榕樹出現在沿海地帶。只見三年級的學弟不慌不忙，他用手比出了三百，卻還是說著：「是三千歲，老師教的，沒錯啊。」

而由五年級負責的說故事和唱歌跳舞表演。段子熅演的是黑貓，卻一緊張就學狗叫。余寶霓演的巫婆忘記帶掃把，只好騎椰子樹葉。我和我的道具牛則是只敢在遠處樹叢現身，我還同手同腳走路。黃彩瑄表現得可圈可點，把茄苳樹附近的發展故事說得很精采，直讓觀眾拍手連連。

四年級的學弟妹介紹文物館裡的生痕化石和貝殼遺址時，一緊張就鬧出笑話。一個學妹指著幾百年前的貝殼說：「這是恐龍化石。」遊客們一聽，全都一頭霧水。一個學弟卻又指著旁邊的植物拓印化石說：「這些真的都是化石，是恐龍時代留下來的。我們學校以前有恐龍，這些化石就是牠們踩過的腳印，老師說，這種化石，就叫作生痕化石。」因為學弟妹說得很認真很努力，以致遊客們還真的以為那些兩千萬年前到幾萬年前的化石，是恐龍時代留下來的證據。害得犀牛老師要跟遊客解釋：「抱歉，抱歉。恐龍出現的時間，是在兩億三千萬年前到六千五百萬年前，目前尚未在本校發現如此古老的化石喔。」

一、二年級的學弟妹，則是在童玩製作組幫忙遊客遞膠水、拿彩色筆，還指導童玩波浪鼓的製作祕訣，算是所有組別中，表現最為自然鎮定，最有老師架式，也讓遊客感到最滿意的組別。許多遊客向校長說：「你們學校的學生都很傑出，我真想把孩子也送來茄苳樹國小。」

以上是茄苳樹國小導覽活動報導，全校整體表現，記者盧晞旺給大家都是滿分一百分。

那真是很難忘的體驗。

不僅對茄苳樹國小，還有遊客，我們好像都獲得了很珍貴的經驗。

校長在升旗典禮時間告訴全校師生說：「茄苳樹國小第一次舉辦的生態人文校園導覽活動，很圓滿的落幕。很幸運的是，我們受到地方媒體的矚目，經過地方電視臺和刊物，以及李老師的學生們在部落格、通訊軟體的推薦下，才一個星期的時間，我們茄苳樹國小第二次生態人文校園導覽活動就已經報名額滿。」

校長話才一說完，全校師生都高興的喊：「ＹＡ。」

11

虎姑婆的祕密

段子熤又開始講他阿嬤告訴他的故事：「很久以前，陸地發生一場大水，是因為螃蟹和蛇打架，是因為神明不高興，是因為雨越下越大，下到星星和月亮的家門口……」

我對段子熤說：「這些故事，我們都聽過了。而且你不是故事組的導覽員，你是戲劇組的演員，請問你講這些故事要做什麼？是不是要我們表演？」

段子熤搖頭後說道：「是因為我們很快就要有新同學。」

余寶霓也笑得一臉燦爛說：「我很想念的同學，田欣馨和郭瑀品她們都要轉學回來了。」

我眨巴困惑雙眼，望著很開心的段子熤和余寶霓問：「你們在說什麼呀？田欣馨不是因為爸媽到市區上班，所以才轉學到市區的國小。她的爸爸媽媽難道要回來茄苳樹上班？」

「他們沒有要回來種田。」余寶霓難掩心中喜悅，都開心得要唱起歌來。「是田欣馨的爸媽認為，茄苳樹國小能讓田欣馨學到很多知識和能力，所以才把田欣馨轉學回來茄苳樹國小。」

就在余寶霓陶醉著以前的同學即將回來一起上課的喜悅，林健安走過五年級的教室，我探頭問：「除了五年級的同學要轉學回來，你還有聽見任何關於轉學的消息嗎？」

林健安停下腳步，招手要我到走廊上。

我走了出去，卻發現二、三、四年級的教室也都傳來歡欣鼓舞的討論聲。

我一臉難以置信的問：「大家都要轉學回來了嗎？」

「好像如此。今早，我經過校長室，聽見裡頭的電話聲一直響，校長接起來說了幾句，才剛掛斷，馬上又一通電話進來。其中，我聽見校長對一通電話的回應是這樣。校長說：『真的很抱歉。茄苳樹國小容納不了那麼多的學生，目前，我們的班級人數已經額滿，還請您見諒。』不僅如此，還有一通電話，校長是這麼說的。校長說：『因為我們目前師資不足，無法專業培養美術天分的學童，還請您原諒，將孩子送到能夠給予完整美術教育的學校。』」林健安答完露出很高興的笑容又說：「照這樣下去，茄苳樹國小的空地都要拿來蓋校舍，學校的老師也要再招聘，到時候茄苳樹國小就不用廢校。」

「感覺好像在作夢。」我對林健安說：「真的有很多同學要回來，還有很多新同學會來上學嗎？如果是真的，那麼到時候，我們又可以比賽大隊接力，還能夠組合唱團，也可以玩足球、棒球，這真的是太好了。」

星期一上學，果真有兩位以前的同學和一位新同學轉學到五年級班上。

余寶霓趕緊拉著郭瑀品和田欣馨，教她們如何演出茄苳樹國小的海盜傳說故事。

段子熤也教新來的同學丁文東，如何用稻草編織梅花鹿。

凌老師還拜託黃彩瑄到一年級班上，教新來的學生如何用牛皮紙、豆子、筷子、縫衣線、白膠和膠帶，製作波浪鼓。

我也被黃老師叫去幫林健安導覽學校校史，讓新同學和學弟學妹徹底瞭解茄苳樹國小的發展演進。

學校開始變得很熱鬧，一年級的學弟妹輪流排隊在樹林玩盪鞦韆。二年級的學弟妹排隊躺吊床，有的在吊床上演昏倒的白雪公主和睡美人，有的則稱吊床為海盜船，滿地落葉是海浪，風一吹，滔天巨浪襲來，大家趕快跑。三年級的學弟妹原本每個人負責一小塊菜園，現在則是三個人負責一塊菜園，有的研究要如何澆水，菜才不會爛掉，有的觀察雜草的生長速度，也有人被螞蟻嚇到逃之夭夭，還有人害怕土壤裡面會突然跑出什麼妖怪昆蟲，直指著一隻毛毛蟲說是外星人。四年級的學弟妹負責畫校園的景色，上傳到茄苳樹國小的網頁，因為同學變多，一個側門就有六個學弟妹畫，因此發生了爭吵，紀老師趕緊出面協調，決定將所有作品都放置到學校的小小文物館，讓遊客投票最美的側門，最漂亮的花園，最有趣的教室……才平息了四年級學弟妹間的衝突。

儘管多了新同學，遭遇到新問題，茄苳樹國小裡的每間教室，歡笑聲是越來越多。

只有六年級的班級沒有新來的轉學生，林健安學長仍然是一個人上課，一個人打球，一個人站在教室走廊外發呆。

不僅是林健安的班級沒有改變。

胡老師的上課方式也沒有變動，他仍然繃著一張臉上數學課。

新來的丁文東同學忍不住跟段子熜說：「那簡直是虎姑婆變成的老師。」

「你也覺得胡老師很像虎姑婆對吧。」段子熜說。

「是呀。我看茄苳樹國小的老師都笑臉迎人，只有胡老師不苟言笑，說起話來像是河東獅吼，走路就像森林之王，看著學生的眼睛就如同緊盯著獵物般。我光是在下課想起來，仍然會流出一身的冷汗。」丁文東說。

「是呀。大家都改變了，為什麼胡老師還是很像虎姑婆呢？」段子熤左思右想後對丁文東說：「我跟你說，你不要跟別人說。」

「你又要講故事了嗎？」我經過時，問了段子熤。

「盧晞旺，你也過來聽看看啊。」段子熤對我招手。

余寶霓看我們三個男生聚在一起竊竊私語，她覺得很好奇，便找了田欣馨和郭瑀品一起走到段子熤身邊。

黃彩瑄剛從一年級的教室回來，一看到我們聚在一塊，也趕緊走過來。

「發生了什麼事嗎？」黃彩瑄問。

「沒有。是段子熤又要講古。」我回答。

「我是要講胡老師的事情啦。」段子熤解釋。「你們不要插話喔。我是在講自己的推測，你們聽看看，有任何問題，等我講完，我們再一起討論。」

「我贊成。」我說。

「盧晞旺。段子熤就是在說你。你先不要說話。」余實霓對我說。

我只好摀住自己的嘴巴，然後點了一下頭。

「那我要開始說了。」段子熤說道：「我以前聽我阿嬤說，其實虎姑婆的真實面目是山神，就是守護山林的神明，就跟茄苳樹國小演的巫婆故事一樣，好的巫婆會在村子裡幫村民看病、蓋房子、照顧牲畜和祭祀神明，但是有的巫婆因為誤入歧途，結果就變成會使喚黑貓出來偷走小孩心臟的壞巫婆。」

「那麼說，虎姑婆也有好的和壞的囉。」我說。

「盧晞旺，噓，安靜。」余實霓對我說。

段子熤對我點了一下頭，然後繼續說：「我們本來不是懷疑胡老師就是虎姑婆的化身，還一度以為他的目的是來破壞茄苳樹國小嗎？

結果，胡老師是我們學校最厲害的老師，不僅幫學校很多忙，也很認真教導學生。

「只是他都不會笑，看起來好可怕。」丁文東說。

「對啊，就連原本像犀牛的紀老師也不再變身犀牛，每天都和顏悅色快樂來上課。」我補充說明。

「安靜。」余寶霓瞪了我和丁文東一眼。

段子熤接著說：「的確如此，這就是最奇怪的地方。胡老師可能真的是山神，他應該是來保護茄苳樹國小的。」

「胡老師是代課老師。聽說帶完我們班升上六年級，胡老師就會離開。」我說。

「那胡老師真的就是虎姑婆嗎？」丁文東問。

「是會吃人還是不會吃人的虎姑婆？」郭瑀品問。

「我相信胡老師是好的虎姑婆。」黃彩瑄答。

段子熤點點頭說：「山神虎姑婆化身胡老師出現在茄苳樹國小，一定有什麼特別的原因。我們可以暗中觀察，或許就能夠知道點蛛絲馬跡。」

段子熤說的很容易，然而實際執行卻有困難。

根據我本人，茄苳樹國小駐地記者盧晞旺分析。

「胡老師除了數學課和導覽課之外，幾乎不會出現在眾人眼前。行蹤神祕，不是本地人。校長說胡老師在市區租房子，如果要跟蹤胡老師，我們需要交通工具。因此，除了在學校努力蒐證外，我們無法得知胡老師究竟是一個背後藏有什麼故事的神奇老師。」

剛好有個機會。

茄苳樹國小的生態人文校園導覽活動因為眾人的努力和各方推

廣，就連沒有導覽的假日，也有許多人來參觀茄苳樹國小。

校長因此和各位老師商量後，認為可以把同學們的作品和導覽印成畫冊、生態學習手冊、故事集等等，到時候，可能要請老師輪班，一個月抽兩天的假日，負責文物館開放管理和紀念品販賣。

我蒐集到資訊，這個星期六正是胡老師值班。

趕緊聯絡同學，我們準備星期六偷偷觀察胡老師的行蹤。

星期六一大早，我六點就出現在國小門口，直躲在仙丹花叢內，看螞蟻爬來爬去，直到有人騎著重機車出現在校園。

以下是記者盧晞旺報導。

胡老師在七點鐘騎著重機車出現校園門口。原來前庭花園旁的廢棄資源回收室可以打開。胡老師打開了資源回收室的門，胡老師把重機停在資源回收室，胡老師鎖上資源回收室的鐵門，胡老師拎著早餐走到榕樹下，胡老師坐在榕樹旁的大石頭上，胡老師吃的是饅頭夾蛋配豆漿，胡老師把垃圾分類好拿到子母車和回收箱，胡老師把導覽指示牌從操場邊的體育運動器材室拿出來，胡老師架設好指示牌，胡老師去上廁所，胡老師走入教室宿舍區，胡老師從口袋掏出了會反光的東西，胡老師竟然開始吹口琴，胡老師吹的音樂很好聽，胡老師放下口琴，胡老師開始唱出我聽不懂的歌曲。難道，胡老師要召喚什麼鬼怪？我頓時嚇得雙腿發軟。胡老師唱完歌，胡老師又用口琴吹了幾首曲子，胡老師看看手錶，剛好是校園開放時間九點整。

沒有妖怪出現。記者鬆了口氣。

「胡老師打開文物館的所有窗戶，胡老師走進古籍區開燈，胡老師開始擺放預備販賣的紀念品，胡老師走到文物館的櫃檯，胡老師坐下，胡老師開始看書。」

我趕快跑到校門口，跟段子熠交接。

「我要回家吃早餐。午餐時間，黃彩瑄會過來跟你交接。下午則是丁文東和黃彩瑄交接。你要再提醒一次黃彩瑄。」

星期日，五年級學生聚集在段子熠家，報告大家一整天觀察下來的結果。

「我先講。」我打了個冷顫後，深呼吸幾次才鎮定下來對同學說：「我看見胡老師吹口琴，胡老師還唱了許多我根本聽不懂的歌曲，很像是原住民在唱歌，好像又有點不一樣，因為我聽不懂胡老師所唱的語言，因此無從判斷。」

段子熠接著說：「我則看見胡老師對遊客不是很友善，他從頭到

尾很制式，簡單介紹完茄苳樹國小的校史，就請遊客自己觀賞，有任何問題再問他。」

黃彩瑄說：「我看見胡老師的午餐是一個冷掉的便當，裡面都是青菜，胡老師打開便當後有禱告。」

丁文東接著報告：「我看到的時候，學校來了一團很熱情的遊客，他們一直問胡老師很多關於茄苳樹國小的事情，還很關心茄苳樹國小會不會被廢校。然後，胡老師打起了精神，他開始認真推銷遊客買我們的作品畫冊和學校導覽手冊，胡老師還唱歌給遊客聽，他還跟遊客說，他唱的是來自海洋的古詩歌，已經沒有人知道原來的意思。」

段子熤一聽，急忙說：「原來胡老師也是原住民。」

「是平埔族。」余寶霓說。

「平埔族也是原住民。」郭瑀品說。

我下結論。

「所以，我們目前知道胡老師的真實身分是原住民。」

「是山神。」段子熤一臉肯定。

「山神是原住民的神明嗎？」田欣馨問。

「山神是保護山林的人，只要認同山林的人，就算是山神的子民。」段子熤說：「我阿嬤是這樣跟我說的。」

「可是平埔族不是住在海邊或是平地嗎？」黃彩瑄問。

「才沒有。平埔族也住在山上，住在靠山的縣市，住在農村，住在漁村，住在沒落的港口，住在都市。」段子熤說。

「胡老師住在市區，聽說是鐵皮屋加蓋的房間。」我說。

「你們先等一下，我還沒有說，我看到的胡老師。」余寶霓說道：「胡老師把手冊和畫冊賣完之後，有補上低年級學弟妹做的稻草編織小動物。沒有遊客的時間，胡老師一直在文物館走來走去，然後

畫下文物館的地圖，標示了幾個重點。我是趁他去上廁所的時候，偷溜進去看的。好像是動線改良的建議。胡老師還寫下茄苳樹國小的教育特色，我只記得，好像是豐富的自然生態和民俗信仰人文傳承。」

「胡老師是來幫助茄苳樹國小的好老師。」黃彩瑄說。

「胡老師是山神。」段子熤還是肯定自己的推測。

我把各位同學的觀察作了總結。「胡老師是一位好老師。胡老師可能因為宗教信仰，所以吃飯時間和下課時間都在隱密的地方禱告。胡老師很會觀察人，如果他覺得遊客是有心要來關心茄苳樹國小，他才會熱心介紹。相反，遊客隨便看看，他也就不多作介紹。」

「那麼胡老師上我們的數學課，又是怎麼回事？」段子熤問。

「因為我們沒有學習數學的熱忱？」丁文東接著問。

我搔搔腦袋露出一臉歉意。

「如果想知道，是不是因為我們沒有學習數學的熱情，讓胡老師

上課上得很無趣的話，那麼我們星期一就表現得對數學很有興趣，看看老師會如何反應。」

「可是我怕數學。」段子熠忍不住皺起眉頭。

「越是害怕，越是得不到答案。就像我們偷偷觀察胡老師一樣，如果害怕胡老師是吃人的虎姑婆，那麼我們永遠都不會發現，原來胡老師是一位好老師。」余寶霓拍拍段子熠的肩膀。「別怕，我們一起挑戰數學怪獸，胡老師也一定會幫我們打敗數學的。」

12

曙光降臨

「嘩嘩嘩……」

窗戶外邊傳來超大的雨聲，吵得我根本睡不著。

媽媽突然驚慌跑進我的房間，對我說：「盧晞旺，把重要的東西放進你的書包，我們要趕快到社區活動中心避難。」

我揉揉惺忪睡眼問媽媽說：「媽媽，現在幾點？要上學了嗎？我們為什麼不去學校，反而要去社區活動中心？」

媽媽一邊把我拉起來，一邊拎著我的書包，很焦急回答：「現在是早上五點，原本以為不會侵臺的冬天颱風，帶來豪大雨量，趁現在水還沒有淹過來，我們趕快去活動中心，要不然等到海水倒灌，連馬路上的積水都排不掉，到時候，我們就會被困住。」

我趕緊抓起機械人玩具、家庭相簿和書包，跟著媽媽穿著雨衣，走出戶外，水已經淹到我的膝蓋，媽媽和我彼此攙扶，我們戰戰兢兢涉水到達社區媽祖廟旁的活動中心，赫然發現，好多人都已經佇立在活動中心裡。

村長急急忙忙點名，突然發現黃彩瑄一家人還沒有到達活動中心。

我從窗戶往外邊看，這時天已經完全亮了，但是雨勢大得我根本看不清楚附近景物，只能看到窗戶外，水已經淹到半樓高。眼看著通往二樓活動中心的一樓階梯就快被包圍，我越看越擔心，不知道黃彩瑄他們要如何進來。

就在我一直張望外邊情況時，遠遠的地方突然閃出燈光。

「村長阿公，外邊好像有人。」

我一喊，村長趕緊從窗戶向外看。他立刻拿出手電筒貼在窗戶直往外邊照。我看見遠方的燈光也順著村長的手電筒光線，緩緩向活動中心靠近。

我定睛一瞧，趕緊大喊：「是黃彩瑄和她爸爸，還有她弟弟。」

這時，余寶霓的爸爸說：「水越來越高，我們得把沙包拿到大門擋水。這樣一來，看來我們得從二樓的後門，把他們拉上來。有沒有繩子？快，大家都來幫忙。」

余寶霓的爸爸一說完，潘阿公拿來繩子，顏阿公趕緊叫村長到活動中心後門去指引方向。

許多穿著簑衣帶著斗笠的阿嬤，也衝去後門準備接應黃彩瑄一家人。

我也想去幫忙。

林健安叫住我：「我們能幫忙做的，就是趕緊搬沙包擋住前門，才不會讓水灌進來。」

村裡的人好不容易把黃彩瑄一家人救到了活動中心，可是外邊的雨還是下得很猛烈，眼看著就快要淹過一樓。

低年級的學弟學妹們都忍不住哭泣。

段子熤的阿嬤驀地唱起歌來，那是我聽不懂的語言，曲調和胡老師唱的歌曲很像，段子熤也跟著唱，很多人也跟著唱，村長阿公則是邊唱邊祈求媽祖娘娘保佑，讓雨趕快停，大水趕快退。

大概是中午過後，雨漸漸停了，所有人這才終於鬆一口氣，等到傍晚水漸漸退去後，我們各自返家，開始清理家園。

可怕的颱風天過後，盧晞旺記者我沉痛為大家報導。

插播重要新聞，當晚為了守護茄苳樹國小而留宿在教師宿舍的校長，不幸遭到大水沖倒的大樹壓傷手臂，目前在醫院休養。

記者盧晞旺沿著過去導覽活動的動線，繼續為大家報導颱風過後茄苳樹國小的第一手消息。首先是茄苳樹國小的鐵門被大水沖到溼地上，壓死了許多溼地植物。目前茄苳樹國小大門沒有鐵門，直往裡邊走，原本媲美歐洲皇宮花園景觀的前庭花園，只見上面都是爛泥巴，什麼玫瑰

花、鬱金香、薰衣草都不知道流落何方。再往教室的方向走去，到處是枯樹幹、石頭、寶特瓶、鋁罐、鐵罐、扭曲變形的腳踏車、雨衣、漁網、石斑魚、蝦子……原本屬於我們村莊的東西和不屬於我們村莊的東西全都被沖到茄苳樹國小，造成教室門窗破裂、桌椅四分五裂、就連操場都變成大型垃圾場，看不到長滿白菜高麗菜的可愛菜圃，就連樹林迷宮、盪鞦韆、吊床和體能訓練器材全都不知道漂到哪去。龍眼樹林陣亡一半，荔枝樹林全部被折斷，許多大樹都被爛泥巴蓋住，景象一片荒涼。再走到學校最後邊的教師宿舍，文物館前面堆滿沙包，門窗緊閉，是茄苳樹國小災情最輕微的地方，記者實地走訪校長所居住的宿舍，裡頭全被石頭泥沙堆滿。

以上是記者盧晞旺，在茄苳樹國小的採訪。

就在我們所有學生都為校園裡的災情感到相當難過，各個無所適從之時，老師們紛紛捲起袖子，一人拿一支鏟子，林健安也加入行列，林健安還對學弟學妹們說：「五年級的先跟我去救老樹，如果讓泥巴碎石垃圾等等壓斷了樹根，老樹就會受傷，還很可能因此死掉。四年級的，你們負責打掃二樓教師辦公室，讓大家先在二樓上課。」

我趕緊拉段子熤去工具間拿鏟子。

段子熤卻哭哭啼啼對我說：「茄苳樹國小不見了。」

「茄苳樹國小還在這裡，我們只需要把環境打掃乾淨。」我說。

「那壞掉的教室怎麼辦？校長說過，我們學校本來的經費就有限。」段子熤抽抽噎噎說。

「我們最近不是有賣紀念品？我們有收入，可以自己拯救茄苳樹國小。」我回應。

段子熤一直搖頭，說：「我們家都還要靠村長幫我們申請補助，才有辦法維修。我們沒有能力幫助茄苳樹國小。」

我很不服氣，對段子熤說：「我們都在這裡，茄苳樹國小就在這裡。」

「茄苳樹國小這下真的不見了。」段子熤對我說完，就往前門跑走。

頓時，我愣住。

余寶霓對我說：「那些轉學回來的同學，今天都沒有來上課。」

我點了一下頭說：「我看到了，新同學也沒有來。這狀況不只是我們班，其他年級也是。」

余寶霓拍拍我的肩膀說：「無論如何，我們先把老樹救活最要緊。畢竟，在還沒有茄苳樹國小時，那些茄苳樹、榕樹、樟樹就已經在這裡生存了，我們要好好保護它們。」

一個星期過去，茄苳樹國小仍然沒辦法復原。許多轉學來的學生又轉學回原本的學校，我們原本的學生則在活動中心上課。然而，段子熠卻不知道跑哪裡去，就連胡老師也沒有來上課，五年級則由劍龍老師回來代課。

才剛出院的魏校長則憂心忡忡，他沒有回家休息，而是立刻到茄苳樹活動中心，直是一臉憂愁，校長決定在活動中心舉行臨時全校會議。校長對全校師生說：「很抱歉，這段日子辛苦大家了，因為水災的緣故，茄苳樹國小受損嚴重，接獲通知，已經確定廢校，請各位同學盡快轉學到附近國小。也請各位老師到其他學校繼續奉獻你們對教育的愛與熱忱。」

校長話一說完，黃彩瑄就焦慮大叫。

余寶霓也翻了桌子，質問校長：「沒有其他方法嗎？我們大家不是都很努力，之前不是已經確定保住學校，為什麼說變就變？」

林健安也氣得捶了活動中心的柱子，還發出熊一般的吼聲說：

「我們得回去茄苳樹國小，在挖土機來之前，我們要跟茄苳樹國小共存亡。」

大家都顯得一籌莫展，每位老師和同學都很難過，猶如一股烏雲籠罩在活動中心上頭。

我不知道自己還能夠怎麼幫助茄苳樹國小。

我悄悄走到校長的身邊，我問校長說：「校長，你的手有沒有好一點？」

校長用左手摸摸我的頭說：「盧晞旺，只要我們都還活著，生活就會有希望。無論以後有沒有茄苳樹國小可以讓學生就讀，茄苳樹國小都存在我們的回憶，也會存留在茄苳樹社區所有人的記憶。」

就在大家都認為，茄苳樹國小無法再創奇蹟，解決眼前困境之時，段子煾和胡老師終於來到了活動中心。

「段子熠，你跑去哪裡？」我問。

「我去找守護神胡老師啊。」段子熠答。

我一臉疑惑望著胡老師，胡老師對校長說：「校長，已經都沒事了。」胡老師對全校師生說：「大家都不用擔心，茄苳樹國小不會消失。同學們也不用煩惱要把戶籍遷走。從今天起，茄苳樹國小會繼續為這個村莊服務，以後，這裡還會有茄苳樹國中，讓同學都不用離鄉背井去外地升學。」

林健安一臉無法置信，問胡老師：「這是在作夢嗎？怎麼會有錢可以重蓋茄苳樹國小，居然還可以蓋國中？」

胡老師回答：「這絕對不是作夢。各位聽我說，我之前就把茄苳樹的情況寫成企畫案，最近剛好有基金會願意協助，一切就是那麼巧合，剛好解了茄苳樹國小目前的燃眉之急。以後，每個學生更要用功讀書，好好在家鄉學習，等到有朝一日大家學有所成，別忘了回來幫助茄苳樹，就像我們曾經努力一起拯救茄苳樹國小一樣。」

所有人一聽，全都興奮擁抱，我也覺得好開心。

只是。

我問段子熤：「你到底跑去哪裡？還有你為什麼會跟胡老師一起出現？」

段子熤笑著對我說：「一想到茄苳樹國小要被廢校，我快要沒學校可以就讀，我是越想越難過，結果走著走著就碰到胡老師。胡老師便跟我說了他之前申請基金會補助的事情，為了讓基金會更加瞭解茄苳樹國小的情況，胡老師就帶我去基金會那邊說明，以及把我們導覽的內容都演示一遍，基金會因此通過胡老師的申請，答應要幫我們重建茄苳樹國小，還要蓋茄苳樹國中給我們讀。」

「原來如此。」我笑著拍拍段子熤的肩膀說：「那我們以後就算上了國中，還可以一直作好同學好朋友囉。」

段子熤搔搔腦袋對我說：「只要你不嫌我愛哭，你也不要再亂扔紙團，我們永遠都是好朋友。」

「我保證，以後一定不會欺負同學，會好好珍惜在茄苳樹上學生活的每一天。」我說。

校長聽完胡老師的說明，笑得很開心，他又重新打起精神對全校師生說：「各位老師同學，我又有新的想法。這次，我們一定能招到更多的學生，讓偏遠地區的孩子都有學校可以讀，有宿舍可以住，當

然也提供住宿給外縣市老師。我們還要讓專業老師願意來茄苳樹國小，把他們的才能好好傳承給每個學生。茄苳樹國小一定能成為一間對外地遊客而言很有特色，又能讓就讀的學生都能快樂學習、全面發展的好學校。」

太好了，茄苳樹國小終於得救了。

九歌少兒書房 247

風雨中的茄苳樹

著者	蔚宇蘅
繪者	許育榮
責任編輯	鍾欣純
創辦人	蔡文甫
發行人	蔡澤玉
出版發行	九歌出版社有限公司 臺北市八德路3段12巷57弄40號 電話／25776564・傳真／25789205 郵政劃撥／0112295-1
九歌文學網	www.chiuko.com.tw
印刷	晨捷印製股份有限公司
法律顧問	龍躍天律師・蕭雄淋律師・董安丹律師
初版	2015（民國104）年11月
定價	**260元**

書號　0170242
ISBN　978-986-450-022-2
（缺頁、破損或裝訂錯誤，請寄回本公司更換）

版權所有・翻印必究　Printed in Taiwan

國家圖書館出版品預行編目(CIP)資料

風雨中的茄苳樹 / 蔚宇蘅著；許育榮圖.
-- 初版. -- 臺北市：九歌, 民104.11
面； 公分. -- (九歌少兒書房；247)
ISBN 978-986-450-022-2(平裝)

859.6 104019473